地面師たちの戦争
帯広強奪戦線

亀野 仁

宝島社文庫

宝島社

地面師たちの戦争　帯広強奪戦線

上海市　六年前

姜《ジャン》　睿《ルェイ》

「ねえ、中国の結婚式ってどんなの？」

黄浦江《ホアンプージャン》、外灘《ワイタン》側のルーズベルト・スカイバー。高層ビル群を眺める姜にぴったりと寄り添い、肩に頭をもたせかけた荻原愛莉《おぎわらあいり》はそう訊《き》いた。舌足らずな中国語が耳に心地よい。

「『迎親《インチン》』が多いかな。中には、チャペルウェディングとか結婚旅行を選ぶカップルもいるけど」

手に持っているうちにぬるくなったバラライカで口を湿らせて、姜が答えた。

「迎親って？」

「新婦の迎えの儀式。新郎新婦とブライズメイドとアッシャーと家族だけでやるんだ。新郎が新婦を実家に迎えに行って、自分の実家に連れて行く」

愛莉が『それだけ？』と言いたげに小首をかしげる。仕事がらみのパーティで知り合った、二十五歳の日本企業駐在員。そして将来を約束した姜の恋人。チャイナドレスが似合いそうなほっそりとした身体《からだ》、清楚《せいそ》で、可憐《かれん》に咲く花を思わせる愛らしい顔立ち。その中でも姜が一番気に入っているのは、見ているだけで吸い込まれそうな黒目がちの瞳だった。

「でも新婦の家族や友達は、簡単に新婦を渡さない。いろんな手で妨害をするんだよ。新郎は、二元くらい入った紅包《ホンバオ》（ポチ袋）をばら撒《ま》かされたり、激マズのオリジナルドリンクを飲まされたり、新婦にまつわるクイズを出されたり、新婦のどこが好きかを十個とか二十個言わされたり、ダンスをさせられたり。その様子は録画しておいて、披露宴で上映される」

「楽しそう」

鈴を転がすような声で、愛莉が笑った。姜の胸が熱くなる。

「新郎がその試練をクリアできなければ、金で見逃してもらう。その後は、新婦の足が地面に付かないようにお姫様抱っこをして、『婚車《フエンチエ》』という、花で飾りつけた高級車に乗せるんだ」

「大事にします、という意思を皆に見てもらうんだね」

「それもあるけど、作物や財を生み出す〝土〟が新婦の足に付いて、新婦の実家から財が逃げないようにという考えにも沿っている」

きらきらしている愛莉の目が、うっとりと潤み始めた。

「みんな一斉に移動するから、ロールスロイスやベントレーで隊列を作る。新婦は新郎の実家に着いたら、新郎の両親にお茶を出して、そこで初めて『お父さん、お母さん』と呼ぶ。これで家族の一員だ」

「素敵」

愛莉が抱きついてきた。バラライカをこぼさないよう、カクテルグラスを持つ右手を慌てて高く差し上げる。

「それ、やりたい」

「やろうよ。日本から、愛莉のご家族もご親戚もブライズメイドも、何十人も招待して、高級ホテルを何フロアも貸し切りにして」

愛莉がますます強く、子供のようにしがみついてくる。

愛《いと》しさがつのるのを感じた。一生愛し抜く、必ず幸せにする、と自分自身に誓う。

「二年後、式を挙げよう。もちろん、盛大な披露宴も」

「二年も待つの？　もっと早くならない？」

「言っただろう。お祖父《じい》さんの意向だ」

姜の祖父は上海でも指折りの貿易会社『上海《シャンハイ》大喜商貿有限公司《だいきしょうぼうゆうげんこんす》』の創始者であり、息子、つまり姜の父親が総経理（社長）を継いだ後も背後で絶大な権力を握っている。

その祖父が、現在は修業のため関連会社に出向している姜を高級管理職として迎え入れるために、『いろんな世界を見てこい。頭が切れるだけでなく、腕も立つ男であれ』と、人民解放軍での二年間の兵役を命じたのだ。

「中国って兵役義務はあるの?」

「法律では、十八歳以上の男性には二年間の兵役義務がある。でも事実上は志願制だね。一諾《イーヌオ》もおれの後を追って軍に入って、幹部として会社に迎えられるはずだ」

一諾は姜の弟で、別の関連会社に出向している。姜の両親が二人とも一人っ子であるため、一孩《イーハイ》政策(一人っ子政策)の特例として第二子が認められた。そうして生まれたのが一諾だ。

「あいつはおれより頭がいいから、先に社長になるかもしれないけどね」姜が笑いながら言う。

「そんなことないよ」と愛莉。「だとしても、あたしはあなたと一緒になりたい」

「兵役から戻ったら、すぐに結婚しよう」

「わかった。待ってるね」

周囲の目が自分たちに向いていないことを確かめた姜と愛莉は、ひっそりと口づけを交わした。

二年後、結婚式が執り行われた。

愛莉と一諾の式だ。

『披露宴には絶対に参加しろ』と言う祖父と父親の厳命で姜は、暗澹《あんたん》たる思いで最前列中央、親族の席に座っている。

一諾は兵役には行かず、高級管理職の席に収まっていた。姜が不在の間にどう立ち回ったのだろうか。

一諾は子供のころから姜より学校の成績が良く、立ち回りが巧みな上に人心掌握能力が高かった。悪友たちとした悪戯がばれても自分だけうまく逃げたり、学校の教師を丸め込んで自分を学生会（日本の生徒会に相当）の会長に推薦させたりと、処世に長《た》けた人間。

きっと今回も、一諾は祖父と父に、自分がいかに兄より優れているか、完璧な、ほぼマインドコントロールに近いプレゼンをしたに違いない。

それとも、祖父と父は以前から姜を見限っており、示し合わせて姜を遠ざけ、その間に優秀な弟を起用する計画を立てていたのだろうか。

ともかく、血肉を分けた親兄弟に裏切られた。姜の椅子は、一諾の地位が一つ上がるまでない。ようやく入り込めたとしても、先に社長になるのは一諾だ。

愛莉は一諾に鞍替《くらが》えし、将来の社長夫人の座を勝ち取った。

将来を約束された一諾の誇らしげな顔。その隣には、妊娠三か月の腹部に手を置き、これからの生活を思い描いてほころんでいる愛莉の顔。上海でも有数の高級住宅地区に住み、家事はもちろん、子供の養育まで家政婦がやってくれる。朝はジムに行き、昼はママ友と高級ホテルのレストラン。夕方はエステやマッサージに行き、帰宅すると夕食が待っている。そんな生活。

姜が新郎新婦控室に入った時の会話を思い出す。

「兄貴、先に結婚することになったけど、兄貴の時には今日よりも派手にやるから任せてくれ」

どうしても卑屈な考えになってしまうが、つまり『社長になればもっと金を使えるから、いくらか施してやるよ』ということか。

「お義兄《にい》様、これからも私たち夫婦を見守っていて下さい」

姜と過ごした日々や交わした約束など、記憶喪失レベルで忘れ去ったかのような愛莉。一体どうやったらここまできっぱりと切り替えることが出来るのだろう。

披露宴は、財界人や地元の公安、共産党幹部も出席する大々的なものだった。参加者は、この後に途中から参加する者も含めて合計三百人は下らないだろうが、祖父や父親はこれでも、少ないと不満だったらしい。

披露宴はつつがなく進んでいた。新郎新婦による誓いの言葉、指輪の交換、誓いのキス、ケーキ入刀。

その後は新郎新婦が腕を組んで酒を一緒に呷《あお》るのが通常の流れだが、妊娠中の愛莉のためそれは省略され、シャンパンタワーのみとなった。

乾杯の後は、ワゴンに載せられた豪華な中華料理が出され、各テーブルには料理が山盛りにされた大皿が、さらにピラミッド状に積み上げられる。

ステージでは、その日の早朝に行われた迎親の様子を撮影した動画や、湯水のように制作費を使った〝寿ビデオ〟が上映されている。

続いて親族の挨拶になるが、どれも話が長い。まともに聴いているのは前の方に座った関係者だけで、後方の自由席に陣取る一般社員やその家族は、目の前の料理に夢中になっていた。

「歓談が始まってからは流れ解散で、お客さんは、お腹がいっぱいになったらいつ帰ってもいいんです」白酒で、披露宴の前からすっかり出来上がっている叔父が、重役専属の日本語通訳の助けを借りて愛莉の両親に説明している。「新郎新婦が座る高砂《たかさご》もありませんし、日本の披露宴とはだいぶ違うでしょう」

通訳の口から流れ出る、流暢《りゅうちょう》な日本語。愛莉と付き合っていた頃には真剣に勉強しようと思っていたこの言語が、今はざらざらと耳障りな不協和音に聞こえる。

司会者にスポットライトが当たった。「それでは皆様、お食事を楽しみつつご歓談を。新郎新婦が各テーブルにご挨拶に――」

「ちょっと待った」一諾が遮り、姜を見る。「兄貴、挨拶をしてくれ」

一諾は客席に向き直り、続けた。「子供のころからずっと私を守ってくれた、この世で祖父と父の次に、いや、同じくらい尊敬する兄を皆様にご紹介します」

会場が、嵐のような拍手に包まれた。客席を見渡すと、笑顔で手を叩《たた》いている様々な人たち。一諾と愛莉の結婚を本心から祝福しているわけでもなく、祖父や父親とのコネを保持するために、そして豪勢な料理をたっぷり腹に詰め込むために集まった人たち。

目の前の群衆が、落とした菓子に群がる蟻《あり》のように思えてきた。親族の席に視線を移すと、父親と車椅子の祖父が満足げな笑みを浮かべている。

全員、地獄に堕ちろ。

姜は司会者からマイクを受け取ると、ステージに立った。再び、万雷の拍手。

「一諾、愛莉、結婚おめでとう」客席に向き直る。「二年間の兵役から帰って来たばかりで、この結婚式と披露宴です。聞いていなかったので驚きました」

観客の笑い声。

「私はかつて、愛莉と結婚を前提とした交際をしていました」

会場が静まり返る。冗談だということにしたいのか、会場の隅から乾いた笑い声が少し起こったが、すぐに収まった。

「祖父の命令で兵役に行き、戻ってきたら、恋人も、約束されていた高級管理職の席も、一諾のものになっていた。この二年間、おれはそれを知らされることなく、ただ兵務をこなし続けていた」

針を落とした音すら聞こえるのではと思うほど、会場は静まり返っている。

「お……お兄様はちょっとお酒が過ぎたようで……」作り笑いを浮かべた司会者が止めようとする。

「一滴も飲んでいない」司会者を睨《にら》みつけた。「こんな不味《まず》い酒が飲めるか」

新郎新婦は真っ青な顔になり、立ち尽くしている。

「一諾、愛莉、クソ親父と老いぼれ、親戚のお前ら。おれはおれなりにお前らを大事に思って生きてきた。でも今は違う。今のおれには、お前らは別の世界に住む怪物にしか見えない」

「今すぐここを出て行け！」立ち上がった父親が怒鳴った。面子《めんつ》を潰され、怒りに震えている。「もうお前は一族の者じゃない！」

「それを聞けて嬉《うれ》しいよ」

姜は言い捨てると、むしり取ったボウタイを一諾と愛莉に投げ付け、大股でステージを降りる。背後で泣き崩れる愛莉の声。どうせ嘘《うそ》泣きに違いないが。

ざわつく客席を突っ切り、まるで街に下りてきた野生の熊でも見るような視線に送られて会場を後にした。

タクシーで浦東新区《プードン》のマンションに帰る。会社が借り上げている高級マンションで、姜には4LDKの一室があてがわれていた。

フロントドアを開けるとコンシェルジュが慌てて立ち上がり、ロビーにいる警備員に声を掛ける。顔見知りのその警備員が駆け寄り、姜の前に立ちふさがった。

「姜睿様、申し訳ないのですがお入りいただけません」

「何故だ？　自分の家だぞ」

言いづらそうに口をもごもごさせる警備員を見て、ぴんときた。もうクビになったのか。やることが早いな、あの老いぼれたちは。

「まだ退去届も転居の手続きもしていないのにいきなり締め出すってどういうことだよ。そこの公園にテントを張って暮らせというのか」

「ともかく、会社とご関係のない方の立ち入りは禁止されておりまして……」

「関係？　関係なら大ありだ。この後、あの老いぼれたちを訴えてやろうと思ってるんだ。原告と被告だよ。立派な〝ご関係〟だろうが」

警備員が困った顔で黙り込む。

「社長から何度もお電話がありまして、睿様がお電話にお出にならない、と」デスクの向こう側からコンシェルジュが言う。

「スマホの電源は切ってある。こっちはもう話すことなんてないんだ」

コンシェルジュが、デスクに置かれた固定電話の受話器を上げた。

「チクリか？　おい、お前らに今までどれだけチップをやったか覚えてるか？」

コンシェルジュはハンカチで額の汗を拭きながら、電話に出た相手と話している。

「はい……はい……かしこまりました。そのように申し伝えます」

そっと受話器を置いたコンシェルジュが、言いにくそうに口を開く。

「社長が、『荷造りに三十分与える。荷物を一つだけ持って、退去しろ』と」

「上等だよ。そこをどけ」警備員を肩で押しのけ、エレベーターに向かう。

「それから……」コンシェルジュが続ける。「……『これが最大限の温情だ』とも」

エレベーターに乗り込んだ姜は、中指を立てた右手でそれに応えた。


「今日はこれで往生するよ。清算してくれ」バカラテーブルの向こう側に立ったディーラーにそう告げると、バーカウンターに移動する。

バーカウンターには先客がおり、バーテンダーに虚ろな目を向けて「還我銭（金返せ）……還我銭……」とうわごとのように呟《つぶや》いていた。よほど負けが込んだのだろう。

そもそも勝っている時にはバーカウンターで飲んでいる暇などないし、このバー自体、酔うための場所でもない。少し疲れて勘が鈍くなってきた時などにテーブルから一旦離れて〝場〟を見る場所。それが、二十四時間営業している違法カジノのバーカウンターだ。

「睿さん、今日はいいところまでいきましたが残念でしたね」

チップを数え終えたマネージャーが影のように現れ、数字が書き込まれた伝票を手渡す。勝ち分との差し引きで一万六千元の負け。これまで借りになっている負け分を全部合わせると、その五倍の金額になる。

「忘れないで下さいよ。睿さんだから貸しにしていますけど、特例ですからね」マネージャーの目付きが鋭くなった。フロアにいる他の客から見えない角度で睨みつけてくる。

「会社をクビになったなら、遊び回ってないで借金を確実に返済する方法を模索した方がいいんじゃないですか」

極端に顎の小さい、どことなくサナダムシを思わせる顔を近づけてきた。どろんとした、とらえどころのない表情。人間以外の何かと向き合っているような不気味さを覚える。

「わかってる。次、きちんと耳を揃《そろ》えて払う」

「そう願いたいもんですね。こっちにも我慢の限界がありますから」マネージャーが嫌味のこもった鼻声で言い捨てる。

うるせえよ、寄生虫野郎。心の中で吐き捨てた姜は店の扉に向かう。振り返ってディーラーに手を振ったが、完全に無視されてしまった。

バカラテーブルでは、昨夜からずっと居続けている女性客が、額に冷湿布を貼り付けて勝負をしている。丸々と太った中年女性で、バーテンダーによれば、一度入店すると時々近所の女性用サウナで汗を流してくる以外は何日間もバカラテーブルにへばりついているらしい。

マネージャーに見送られることもなく、背後でドアを閉められた姜は、一つ溜息《ためいき》を吐《つ》くとエレベーターのボタンを押した。

蛍光灯の頼りない光に照らされたエレベーターホールで、ぼうっと待つ。

またドアが開き、二人連れの男性客が出てきた。背後には、打って変わって笑顔のマネージャー。

エレベーターが到着し、その男たちと一緒に乗り込む。

「ずいぶんな言い方されてたけど、いいのか？　おれなら叩きのめすけどな」

男の一人がふいに言った。フェードスタイルの刈り上げ。

「誰だ？　お前」

「そんな目で見るなって。時々ここで見かけて気になってたんだ。あんた、上海大喜商貿有限公司の御曹司だろ？」

またこの手合いか。姜が会社から離れても、うま味が残っていないかと近づいてくる連中。

「今は違う」

「おれは郭銘軒《グオミンシユエン》」構わず、男が自己紹介をする。「こいつは弟の仔空《ズコン》。組んで仕事をしている」

もう一人の若い男が、軽く頭を下げて「你好」と挨拶をした。

「何の仕事だ?」興味はないが、一応訊いてみる。

「いろいろだ。人から依頼を受けて、何でもやる。何でも、な」

郭が思わせぶりに言った時、エレベーターが地階に着いた。

「会えてよかったよ。じゃあな」

「ちょっと待てよ。すぐ近くに、いいメシ屋がある。今夜は珍しく勝って、気分がいいんだ。奢《おご》らせてくれよ」

腕を摑《つか》む郭の手を振りほどこうとして、気が変わった。郭の目にただならない気配を感じ、少し興味が湧いたのだ。

その頃姜は、資金が尽きかけ、クレジットカードの支払いも滞り始めたのでホテル住まいをやめ、友人の家を泊まり歩いていた。しかし、新しい仕事も探さずにギャンブルに明け暮れてどんどん窮地に陥る姜は行く先々で煙たがられるようになり、こうなったら強盗でもするかと物騒な考えを持ち始めていた。

そんな姜から見た郭は明らかに堅気ではない。かといってマフィアでもなく、弟と二人で動いている悪党に思えた。

結局、姜は郭に連れられて深夜営業の食堂に入った。広東《カントン》、香港《ホンコン》、マカオの料理を出す店で、豚骨を煮込んだ白濁スープのマカオ流火鍋と、土鍋がじゅうじゅうと音を立てる煲仔飯《ボウジャイファン》を堪能した三人は瓶ビールを飲みながら、いつしか互いの身の上話をしていた。

贛語《かんご》訛《なま》りの普通話（標準中国語）で熱心に話す郭兄弟は、江西《こうせい》省の奥地出身の黒孩子《ヘイハイズ》だった。戸籍がないので小学校の通学を断られ、同世代の子供たちに足蹴《あしげ》にされ、親が死ぬと村を追い出され、流れ流れて上海にたどり着いた。とはいえ上海戸籍を買う金もなく、上海語も話せず、出身地もマイナー過ぎてどのコミュニティにも入り込めないので、物乞い、盗み、金になるなら人殺しまで一緒にやってきた兄弟だった。

その身の上は一般的には同情すべきものなのだろうが、上海生まれ上海育ちの姜にとっては別世界の、それもかなり下の世界の話で、表向きは同情しておいたが、正直それほど感情移入は出来ない。

それよりも、郭がやっている仕事の方に興味が湧いた。つまりは依頼を受けて殺人でも強盗でもやる何でも屋で、国内だけでなく、変造パスポートを使って近隣の国に出張ったり、自在に動き回って悪事をはたらく。

「最近は日本で仕事をすることも多いんだぜ」郭が得意気に言った。「おれたち最近、抗日ドラマにハマってるからな。日本をかき回すのは気持ちいいんだよ」

郭の単細胞ぶりにうんざりしかけたが、この男としばらく仕事をしてノウハウを盗み、独立したら面白いかもしれない。

大手企業の御曹司という上流の人間が、中流をすっ飛ばして下の下、犯罪者に堕ちるというのも愉快だ。

それに、日本で仕事をすることもあるというのも魅力的だった。愛莉の生まれ故郷で大暴れして、ぐしゃぐしゃにかき回してやりたい。

目の前で熱心に抗日ドラマの解説をする、この郭と仔空を利用して、裏の世界で一本立ちする。それを果たしたら、二人とも切り捨てる。ぐずぐず言い出したら殺してもいい。

遅まきながら、やっと理解した。表世界でも裏世界でも、単細胞の馬鹿を利用して成功者はのし上がるものなのだ。

「取り敢えず、おれたちのねぐらに移ってこいよ。そんなにきれいなところでもないけど、部屋はひとつ余ってる」

郭と仔空と握手をする。

店を出ると、東の空が明るくなりかけていた。伸びをしながら、姜はふと考える。『賤貨《ジエンホオ》』（ビッチ）は、日本語で何と言うんだろう。

帯広市《おびひろ》
橘《たちばな》　一路《かずみち》

「いつか落ちて死にますよ。お葬式には行きませんからね」

呆《あき》れ顔で中沢優希《なかざわゆうき》が言った。

橘は荒い息を吐きながら、手のひらやズボンに付いた汚れをはたき落とす。

日下部《くさかべ》土地開発株式会社が入った、築年数の長い四階建てのビル。コンクリートの出っ張りが多くて不用心だなと思って歩道から見上げていたときに優希と出会い、

「登ってみるから見ていてくれ」と言い残すと、フリークライミングの要領で、目的の部屋がある三階まで外壁を登ったのだ。

その速度に合わせて階段を上り、各踊り場にある窓から覗《のぞ》いていた優希の顔は、最初は心配げだったものの、徐々に冷ややかになっていった。そして、三階廊下の窓から橘が滑り込んできた時に発したのが、冒頭の言葉だった。

「アラフィフでここまで出来る奴なんて、そうそういないぞ」橘が言い返す。

「アラフィフでこんなことやる人なんて、そうそういません」優希が切り捨てた。

「どうしてこんな無茶ばかりするんですか？」

「無茶なんてしてない。普通に出来るからやってるだけだ」

そう。決して無茶なんてしていない。決して。

窓を閉めようとして歩道を見下ろすと、呆気《あっけ》にとられた顔で見上げる子供の姿。親指を立てて見せてやったが、母親らしき人物が慌てて子供の手を引き、きつい口調で何か言いながら歩き去る。

「きっと、『馬鹿な大人の真似をしちゃいけませんよ』って言ってるんでしょうね」

優希は廊下をさっさと歩きだした。

二十七歳の、あまり主張をしてこない常識人。いや、〝普段は常識人〟か。いつも地味なビジネススーツ姿。化粧気のない、二十代前半の女子大生のような風貌に、橘は心の中で『万年就活生』とあだ名を付けたものだ。しかし、車の運転能力が凄《すさ》まじく高く、今は橘も一目置いている。

それに引き替え、優希は橘のことをそれほど敬っている様子ではない。さっきのような技を見せても、三人相手の喧嘩《けんか》にたった十二秒で勝っても、バーでスピリタスのショットを五杯立て続けに呷っても、どうも心に響いていないようだ。それどころか、やればやるほど橘を見る目が冷たくなってくる。

前職を辞す間接的な理由となったあの病気を乗り越え、社会復帰したことを話せば少しは見る目が変わるかも――と思ったが、すぐに考えを変えた。確率が低いとはいえ、再発の可能性があるメンタルの病のことを他人に話しても、良いことなど一つもない。

廊下の奥まで歩いた二人は、社名のプレートが掲げられたドアをノックし、「お疲れ様です」と言いながら開けた。

応接スペースのローテーブルには、カセットコンロの上でぐつぐつ煮える鍋。立ちのぼる湯気が、決して広くはない事務所の中に充満している。それに混じった昆布《こんぶ》出汁《だし》と白味噌《しろみそ》、酒粕《さけかす》の香りが鼻腔《びくう》に届いた。

橘と優希以外の三人は、既に顔を揃えている。

「おう、お疲れさん」

応接スペースの一番奥、一人掛けソファに座る日下部勝義《かつよし》が、顔を上げて二人を迎えた。てかてかに脂ぎった、人の善さそうな顔。「おれら早く着いたから、先に始めちまった」

四月も後半とはいえ夜はまだ寒く、窓の曇りが結露してガラス窓の表面を流れ落ちている。温度はともかく湿気が鬱陶《うっとう》しいので窓を十センチほど開け、長ソファに優希と腰を下ろす。

「それで、さっきの続きですけど——」

橘の向かいに腰を掛けた小山田雅之《おやまだまさゆき》が日下部に向かい直って話し始める。橘たちが到着したことで会話が途切れたようだ。

「——外資、特に中国系の企業が大枚をはたいて北海道の土地を買い占めている現状、何とかしないと本当にヤバいですよ」

言いながら小山田は、煮えかけてきた鮭《さけ》のぶつ切りに箸《はし》を伸ばす。

「まだ煮えてないのに、取るなよ。鮭からも出汁が出るんだから」日下部が慌てて小山田を止めようとするが、遅かった。

「おい、箸を付けたのを鍋に戻すな」鮭を鍋に戻そうとした小山田に、今度は橘が言う。「それは食っちまえ」

「すみません」慌てて鮭を口に放り込んだ小山田が続けた。「今回の件、まさにそのうちの一つだと思います。言っちゃ悪いですけど、あんな僻地《へきち》に四千万円ですよ、四千万。しかも現金払いで」

小山田の言う僻地とは、日高《ひだか》山脈にへばりつくように存在する集落、翔唐町等森《しょうとうまちどうしん》地区のことだ。その周辺のあちこちの土地が近年、外国資本によって買われている。

そして橘たちは明日、シンガポールから来た買い手と等森で会い、四千万円の土地売買契約書を取り交わして現金を受け取ることになっている。その決起会として、リーダーの日下部の事務所で開かれているのが、この粕鍋パーティだった。

橘は自分の箸と取り皿を手にした。美味《うま》そうな匂いに腹が鳴る。粕鍋は石狩《いしかり》鍋をアレンジしたようなもので、白味噌と酒粕のスープに鮭の頭と身のぶつ切り、野菜を入れて煮込む。これが、とにかく身体が温まる。

鍋の周囲に並ぶ飲み物は、ノンアルコールビールや、ペットボトルの烏龍《ウーロン》茶、炭酸水、カツゲンなどのソフトドリンク類。酒は、打ち上げの楽しみにとっておく。

「結構なことじゃないか」取り箸で大根の煮え具合を確かめながら、日下部が応えた。

「何十年も土地売買がなかった限界集落が、土地バブルで活性化して潤ってきてるんだよ。爺《じい》さんも婆《ばあ》さんも大喜びだ」

煮えた鮭を取り、食らいつく日下部。

「二〇一〇年頃まではケータイの電波も入らなかったんだぜ、あのあたり。それを二十五ヘクタールと二十ヘクタール（二十五万と二十万平方メートル）の二筆で四千万円。日本人ですら見向きもしない、あんなところを」

橘は思わず眉間に皺《しわ》を寄せてしまった。四千万円といえば大金には違いない。しかし、口には出さないが、たかが四千万円だ。東京や大阪の同業者の中には、一回の案件で数億から数十億を叩き出す者もいる。『あいつらは狙撃銃タイプ、おれらは機関銃タイプなんだよ。数を撃つんだ』と日下部はいつも言うが、ちまちま稼ぐのではなく、どんと儲《もう》けると借金も片付くし、早期リタイアも含め人生の選択肢が増える。

「それが怪しいんですって」小山田が続ける。「山奥の、雪が降ったら陸の孤島になるようなところが、ここ十年以上、集落単位でどんどん中国系に、しかも相場の数倍で買われているんです。どういうことかわかりますか？　本土から人を送り込めば簡単に、閉鎖的なコミュニティを作れるんですよ」

「何のためにだよ？」

「北海道を実質、中国のものにするためです。中国共産党の息のかかった企業にどんどん土地を買わせて」

「都市伝説みたいな話だな」橘が口を挟んだ。日本が中国の一部になる――小説や映画のネタになりそうな話だ。「で、その後は？」

「産業が全部中国仕切りになる――例えば中国が農地を持って、中国人研修生や留学生を安く雇用して、輸出先は中国。日本人は指をくわえて見ているだけになる。あと、外交的にも良くない。空母《くうぼ》の『遼寧《りようねい》』や『山東《さんとう》』が簡単に太平洋に出られるルートが出来ますから」

「あのなあ、小山田」日下部が身を乗り出し、面長の顔を小山田に向ける。「そういうことを信じてられるのも、大学生までだぞ。一生懸命仕事して、必死で金を稼いでる人間には、そんなもんに耳を傾ける暇はないんだよ」

日下部は今年ちょうど六十歳。最近の六十代は若く、血色がよくて頭髪も豊かだ。対して小山田は日下部のほぼ半分の歳。仕事は出来るのだが、三十過ぎにしては雰囲気や言動がやや幼い。

「水資源も盗られるかもしれないですよ」

「最近の条例を調べてから言え。だいたい、儲かるなら中国人の前に日本の大手飲料メーカーがとっくにやってるだろうよ。大手がやってない時点でわからないのかよ」

　貿易にも手を出したことのある日下部の話に、熱が入ってきた。

「中国じゃ水が四十種類くらい売られてる。五〇〇ミリリットル前後の一般的なミネラルウォーター一本が、日本円で二十円から六十円くらい。その水に対抗するのに、日本で水源の土地を買って、伐採して林道作って土地を均《なら》して、中継所も設けて搬送路を確保して、ヤードも確保して、船で送り出す。関税も払う。採算取れるかよ」

「北海道の水っていうブランドがあれば高値で販売――」

「中国人の何パーセントが、ブランド性重視で水を買うと思ってるんだ？」

「でも、水源を押さえたら……例えば戦争になった時に工作員が川の水を汚染させたり……」

「それって、関東大震災の時に『朝鮮人が井戸に毒を入れた』ってデマを信じて殺して回った奴らと同じじゃないか」呆れた顔の日下部が鍋に箸を伸ばし、鮭の大きな切身を取る。

「それに、今回の買い主は中国じゃない。シンガポールの会社だ」

「与信調査、しました？」

「当たり前だろう。弱小を、なめんなよ」

「悪い奴らに騙《だま》されたら、俺ら弱小は一巻の終わりだからな」橘が混ぜ返す。

　橘を軽く睨んだ日下部が、小山田に向き直った。「シンガポールの農業生産法人が日本の農地を買うのに、問題なんてないだろ。向こうさんはあの僻地にそれだけの資産価値があると踏んだだけのことだ。それに、地元の農業委員会が農地取得を認めた企業だよ。ちゃんとしたところだ」

「翔唐町だけじゃなくて、地方の農業委員会なんて完全に機能不全じゃないですか。だから外資が飛びつくんです。ほぼノーチェックだもん」

「であっても、農地を農地として買うんだから問題ないじゃないか」頰張《ほおば》った大量の長ネギを咀嚼《そしゃく》して飲み込み、五〇〇ミリリットルのペットボトルに入った炭酸水をほぼ一息で飲み干した橘が割り込んだ。

「橘さん、マッチョなだけじゃなくて内臓も強いのは知ってますけど、その飲み方はやめた方がいいですよ」優希が注意する。

「ほっとけ」盛大なげっぷと共に、橘が返す。

「……農地は何年も放置しておくと木や草が生えた荒れ地になりますよね。そこで農業委員会に申請して、地目を『雑種地』に変える。雑種地は農地と違って自由に売買出来る。そこからまた地目を変更すれば、住宅でも工場でも、何でも建てられます」

「何にしても、相手はシンガポールだ。中国じゃねえ」箸で切った鮭の切身を次々と口に放り込みながら日下部が言った。

「中国に転売するつもりかもしれません。中国企業のダミー企業かもしれない」

「速見《はやみ》さんはどう思っているんですか？」

優希が向かいの速見忠広《ただひろ》に話を振った。会話を転がすことを装って内心は、興味のない話題の矛先を逸らしたいのだろう。

速見は箸を手に、まるで脳外科医の手術のような繊細な動きで大根を四等分しているところだった。その作業を終えると取り皿と箸をテーブルに置き、腕時計にちらりと目を遣《や》る。その仕草で全員が時間を確認する。もうそんな時間か——速見が腕時計を見るたびに全員が現在時刻を意識する。

「そうですね——」滑舌が良く、ニュースキャスターのように耳心地のよい声で速見が話し始める。

「——土地の売買は、正当な商取引です。売る人がいて、買う人がいる。買う人は日本人のときもあれば外国人のときもある。それだけの話だと単純に考えています」

落ち着いた大人の意見に、座が静かになる。

銀行員のような生真面目な物腰の五十一歳。銀縁の眼鏡、白髪が黒髪に勝っている豊かな頭髪を、時代遅れの七三分けにしており、昔は『ドブネズミ色』と揶揄《やゆ》されたサラリーマンスーツに身を包んでいる。

「さて、お先に失礼します」

義務であるかのように黙々と大根を食べ終えた速見は、自分の取り皿や箸をまとめると立ち上がった。

「もうすぐ締めのおじやを作るから、一口くらい食っていったらどうだ」日下部が引き留める。

「いえ、もうすぐ二十一時ですから。今月は何かと忙しいので、私の月残業時間を過ぎないようにしないと」

速見が左手を上げて日下部を制した。よほどのことがない限り、速見の勤務時間は九時から十八時を徹底している。残業が発生する場合は――速見にとっては、仕事仲間との会食も残業だ――前日の勤務時間中に伝えなければならない。

毎朝六時に座禅を組み、経を読む。昼食は必ず正午きっかりに摂《と》る。真面目で機械のように正確な生き方に周囲が呆れているのも、全く気にしていない。ただ、その正確さ、几帳面《きちょうめん》さが仕事にきちんと表れるので、仲間からは頼りにされている。

俺の借金を取り立てる時の冷酷で無慈悲な態度も、守銭奴だからではなく単に『借りたものは、約束通りに返せ』というクソ真面目さの表れかも——そこまで考えた橘は、慌てて借金のことを意識の外に追いやった。

速見は、食材や飲み物の買い出しをした店のレシートを見て、合計金額を一円単位まで五分割すると自分の支払い分をテーブルに置いた。そして食器を手に取ると事務所の隅の簡易台所に持って行く。

「洗い物は置いといてくれ、こっちでやるから」

日下部がそう言ったのは親切心からではない。速見は残業代を十五分単位で計算するので、皿洗いのせいで二十一時十五分を過ぎると余分な金がかかるのだ。

「お言葉に甘えます」食器を流し台に置いた速見は戻って来ると、事務所の隅に取り付けられた金庫のダイヤルを回し、ゴム手袋を着けた手で書類を取り出す。

続いて人数分の名刺ケースや社員証の束、印鑑と朱肉を取り出すと、自分の分を選び取って書類と一緒にブリーフケースに仕舞い込んだ。

そして名刺ケースと社員証を全員に配り、金庫を閉じる。

「では、明日よろしくお願いします」

速見の声を残し、ドアが閉まった。

そうこうしているうちに鍋は空となり、締めのおじやが作られる。鍋奉行の日下部が、米が軟らかくなるタイミングを慎重に見て溶き卵を注ぎ込み、隠し味で少しバターも入れて、土鍋の蓋を閉める。

そのおじやもすっかりなくなり、全員が満腹になった頃、日下部が、明日の全員の動きを確認する。

「明日は二手に分かれての移動。現地までは余裕を持って二時間半くらい。おれは優希の運転で七時に出て、売り主の大熊《おおくま》と合流。橘と小山田は速見とレンタカーで七時半出発、十時に現場で合流。あとは書類を最終確認して、会議の流れを事前シミュレーションして、十一時に来る買い主を待つ。みんな、気合を入れていこう。おれが若い頃、この仕事を始めた時には――」

「明日早いからもう片付けて、さっさとホテルに戻ろう」

いつもの長い演説が始まりかけるのを、橘が遮る。

日下部以外の全員がさっと立ち上がり、てきぱきと片付け始める。消化不良気味の日下部も不承不承、清掃に取り掛かった。

手分けして、食器や鍋を洗ったり事務所の清掃をしたりする。特に清掃に関しては徹底しており、手袋を着け、デスク周りも含めて、触ったところや触った可能性のあるところを、各自が徹底的に拭く。

この清掃は、今日のような飲食の後だけでなく、毎日の退勤時にも行われる。トイレなど、建物の共有部分まではさすがに無理だが、トイレを使う時にはドアノブや個室のロックをハンカチや袖口で覆った手で触り、エレベーターの階数ボタンは指の甲か鍵の先で押す。

清掃が終わると、各自が速見から受け取った社員証や名刺を再確認する。

名刺は日本語と英語の両面印刷。日下部の肩書は社長で、小山田は司法書士、橘は営業部次長。優希のものには肩書がなく、『企画・開発事業部』とある。速見のものは宅地建物取引士の肩書になっている。

速見が持っていった書類は、取引する土地の登記事項証明書、固定資産評価証明書、固定資産税課税明細書、そして印鑑登録証明書などの必要書類と、公証人の署名がされている英訳書類だった。

印鑑は、本物の大熊の実印の印影を基に3Dプリンターで作成したもの。

一部の本物の書類以外は、速見の馴染《なじ》みの〝道具屋〟に作らせたものだ。

最後に、それぞれが持つ、この仕事が終われば処分するトバシのスマートフォンの動作確認。

これらが、速見率いる地面師の重要な小道具一式だ。

社員証や名刺に印刷された名前は、全て実在の人物のものだった。それら人物の住民票や戸籍謄本の写しも取り寄せ、橘たちプレイヤーは、それぞれの人生を頭に叩き込んでいる。

ややこしいのは、地面師の仕事のたびに別人になるのは当然だが、橘たちが普段仲間内で名乗っている名前すらも、実在の人物に〝背乗り〟した二つ名だということだ。全員の本名と素性を把握しているのは参謀の速見だけだが、社長役の日下部も、それぞれの本職や前職など、ある程度のことは知っている。

橘の場合は本名が『立花《たちばな》』なので二つ名として危険きわまりなく、かけ離れた名字の男がいないか必死で探し回ったものだが、他に条件の合う者が見付からなかった。なので、『決して珍しい名字ではないから』と自分に言い聞かせながら渋々、橘を名乗っている。

プレイヤーが互いにプライバシーを詮索したり教えたりすることは――そもそも誰もそんなことをしないが――厳禁とされている。しかし橘は、優希も自分と似たような、名前に関する悩みを持っているのではと睨んでいた。優希が人に名乗る時、特に下の名前を言う時に、表情が少し〝ぴりつく〟のだ。

当然、速見はそれをよく理解しているようで、優希のことはドライバー兼使い走りと割り切り、必要以上に人前に出さないよう気を付けているようだった。

翔唐町

橘

翌朝、ビジネススーツを着込んだ橘はホテルをチェックアウトし、朝七時から提供している朝食を摂るために二階のレストランに向かった。同じタイミングで、いつものドブネズミ色のスーツ姿の速見と、全く特徴のない吊《つ》るしのスーツに身を包んだ小山田も来るが、席は別にする。

橘は朝食セットを猛スピードで平らげるとトイレを済ませ、七時二十分には階下の駐車場に下りた。前の職場で身に染み付いた、『早メシ早グソ、十分前行動』の習慣を捨てることが、どうしても出来ない。

小山田は既にレンタカーのフリードの運転席に収まっており、五分ほどで速見も姿を現した。

言葉を交わすこともなく、それぞれバッグ一つの荷物をトランクに入れて、フリードに乗り込む。

国道38号に乗り西に向かう。じきに市街地を抜けて人家がまばらになってきた。

市街地を出てもしばらくの間は国道沿いにだらだらと中途半端な街が続く首都圏とは違い、北海道は突然田舎《いなか》になる。

「昨日あの後、口論になりませんでしたか？」速見が助手席から小山田に訊く。

「なりませんでしたよ」小山田が即答するが、まだもやもやしている様子だった。

「でも……ここで議論を蒸し返すつもりはないんですが、速見さんは外資の土地買占めに本当にそこまでドライに割り切っているんですか？」

速見は少し考えるとサイドウィンドウを数センチ開けて空気を入れ、落ち着いた口調で話し始めた。

「土地売買そのものについてはドライに割り切っていますが、外国資本が日本の土地を買うのに規制がなく、目的を問わず自由に買って運用や転売が出来る構造を、無為無策で放置している日本政府には怒りを覚えています」

橘も、この世界に入ってから土地にまつわる色々なことを勉強したので、速見の憤りは理解できた。

日本の場合、農地以外の地目であれば当事者の合意だけで売買が成立する。つまり外国資本が第三者に知られずに土地を手に入れ、知られないまま運用や転売が出来る。そして、海外資本や外国人が日本の土地を所有することを全く想定していない憲法や法律がそれを後押ししている。

しかも、工夫次第で外国人なら保有税の支払いを避けられるというおまけまで付いている。不動産売買が世界一自由で特殊な国が、日本なのだ。

「それから、シンガポールから中国に転売するつもりかも、とおっしゃいましたね。それはよくある話です。外資から外資への転売は倶知安《くっちゃん》やニセコでも盛んで、すでに自治体が追えないレベルになっています。しかも外為法（外国為替《かわせ》及び外国貿易法）では外資から外資への転売は報告不要なので、日本人が知らない間に、日本の地価が海外でどんどん上がっています。国際的な投機集団あたりがやりたい放題やっているのかもしれません」

清水町《しみずちょう》のガソリンスタンドで給油し、国道２７４号で南西に向かう。

しばらくの間は農地や森に挟まれた長閑《のどか》なアスファルト道が続くが、やがて日高山脈を上り始めるあたりから道路事情が悪くなってきた。

雪明けのこの時期には、積雪や融雪によってダメージを受け、ひび割れやポットホールだらけになったアスファルトを修繕する工事があちこちで行われている。橘たちは何度も、工事のための片側交互通行規制で待たされることとなった。

今日の買い主との契約締結の段取りを何度も頭の中で繰り返しながら、橘の目はずっと窓外を向いていた。

山の樹木はまだまだ葉を落とした素っ裸のままで、標高が上がるにつれ、木々の間に残雪が見え隠れし始める。

いくつものトンネルや覆道を通り抜けると、車の横の斜面がどんどん急になってくる。斜面に取り付けられた雪崩《なだれ》防止柵が、積雪量のすごさを物語っている。

行き交う車の量は少なく、長距離トラックの方が多い印象を受けた。自衛隊の車両とも時折すれ違う。橘は目を伏せた。北海道で仕事をする時に少し心が乱れる理由が、これだ。

２７４号に沿って山を数十分登ると、『翔唐町』という案内標識が出てくる。それに従い、国道を外れて山に向かう道へと進む。

小さな集落をいくつか通り過ぎるが、主《あるじ》を失った民家が点在し、雪害によってその半分以上が半壊または全壊しているというありさまだった。住む人がいなくなると家屋は傷むというが、豪雪地帯ではそんな甘いレベルではない。

きちんと建っている家には住人がいるのだろうが、集落に人の気配は全くない。こうして車で走っていると、自分たちを残して人類が突然消滅したのではないかなどという考えが頭をよぎることもあり、たまに地元の年寄りを見かけると、妙な安心感を覚える。

更に山奥に向かって進むと、案内標識に『等森』という地区名が出てきた。

「やっとですね」長時間の運転で尻が痛くなったのか、さっきから何度も運転席の上で座り直していた小山田が言った。「この、地の果てに来るのも、今日限りですかね」

「まあ、〝この、地の果て〟に来るのは最後だろうな。でも、次の仕事でまた別の地の果てに通う羽目になるかもしれないぞ」橘がからかう。

「勘弁して下さいよ、こんなのが続いて、死ぬ前に『ああ、人生の四分の一くらいは移動時間だったな』とか考えるの、嫌ですよ」

「漫然と運転するのではなく、周りのものを見て考えるようにすると、もっと実のある人生になりますよ」速見が言った。「道路の舗装を見ると、そこの自治体が金を持っているかいないか見当が付きますし、木にマーキングがしてあれば、その辺りに開発計画が持ち上がっているのかもしれません。世の中の全てのものは、仕事に活《い》かせるんです」

　この男がそんな説教じみたことを言うのは珍しいな、と意外に思った橘は首を伸ばし、速見の横顔を見た。いつもと変わらない、ロボットのような無表情。

「まあ、ここも今日で見納めかと思うと、愛しく思えてくるよな」

「愛しくはならないですが、カーナビが要らないのだけは、いいですね」小山田が応じた。「あの機械音声はあまり好きになれないんです」

「一本道をただ進んで、案内標識に従ったらいいだけだもんな。どんな方向音痴でも、間違えようがない」

森に挟まれて走り続けるにつれ道路はどんどん細くなり、車がすれ違うことも出来ないほどの幅となった。うねうね続く山道のあらゆるカーブにカーブミラーが取り付けられており、一〇〇メートルに一か所は、車がすれ違う時にどちらかが退避出来るスペースが設けられている。

速度を落とし、カーブミラーに集中しながら二十分ほど走ると、森が終わって視界が一気に開けた。等森地区だ。

一気に開けたとは言っても、目の前に広がるのは、べったりと広がる農地。まっすぐ通っている道路の表面には老人の顔の皺のように細かなひびが縦横に走っている。道路には脇道がいくつかあり、その先に民家や倉庫のようなものが点在している。住人は七戸二十一人、ほとんどは七十代から八十代後半。一番若い住人が六十五歳、いわゆる限界集落だ。

住民の足はもちろん車だが、道路を走る車は一台もない。住民は皆家に閉じこもり、さほど変化のない毎日をゆったりと過ごしているのだろうか。

しかしそんな生活も、悪い生き方じゃないかもしれないな――橘はふと思った。

集落を突っ切る道は数分も走ると集落の反対側に出てしまう。このあたりは水源地でもあり、反対側には数年前に巨大なダムが建設された。とはいえそれがこの集落に恩恵をもたらすことはない。商店も食堂もないので、ダムで働く者にも見学者にも、ここに立ち寄る理由がないのだ。

南北に走る一本道を途中で西に折れ、農道をしばらく行くと目的地が見えてきた。このあたりの土地の半分以上を所有する地主、大熊利之《としゆき》の自宅だ。隣の家からたっぷり二〇〇メートルほどは離れている大きな和風建築の裏手に回り、広大な空き地の隅にフリードを停《と》める。優希のシルビアは既に停められていた。

橘たちは車の中で、偽造指紋フィルムを指先に貼る。

ここ数年間は、地面師側も、カモとなる買い手側も、マスクを着けて取引に臨むことが多かった。警察の見当たり捜査官やカメラの顔認証能力に対してマスクは無力だが、詐欺師がどうしても人前に姿をさらさなければならない場合、相手や周囲の人間に顔を見せずに接することが出来るというメリットは大きかった。悪党にとって、日本の一億総マスク社会は大歓迎だった。

コロナ時期に比べてマスク着用者の数は劇的に減ったが、まだ着けている者は少なからずいるので、今回はどうするかという議論がなされたが、今マスクを着用していると、外国人には『そこまでして、コロナは終わっていないアピールをしたいのか』『時代に逆行する情報弱者ではないのか』『顔を見せたくない理由でもあるのか』と勘繰られ、警戒心を煽《あお》りかねないので、顔を出して臨むこととなった。

勝手口から中に入る。

「おはようございます」速見が声を掛けながら上がり、脱いだ靴を三和土《たたき》にきちんと揃えて置く。

「おはようございます。お疲れ様です」続いて橘が入った。役作りの一環として、仕事の前には互いに敬語で話すよう取り決めてある。

最後に小山田が入り、勝手口の鍵を閉める。

勝手口の内側はダイニングキッチンで、何十年もの間にここで作られた料理や、飛び跳ねた油の匂い、歴代の住人の体臭が渾然一体《こんぜんいったい》となって漂っている。

この家の主、本物の大熊は数年前に妻に先立たれて一人暮らしをしているが、料理はきちんとこなすようで、調理器具やテーブルの上に埃《ほこり》が積もっていることもなく、それなりにきれいな状態になっている。もしかしたら、近所の主婦あたりが時折手伝いに来ているのかもしれない。

ダイニングキッチンを横切り、柄の入った昔懐かしいガラス引き戸をくぐると居間。ここにも、これまで住んできた住人の体臭が沁《し》み込んでいた。

居間は六畳の和室だ。本州なら部屋の真ん中に炬燵《こたつ》を置くのだろうが、北海道の炬燵所有率は日本で一番低い。つまり、沖縄の人よりも持っていないことになる。ガスや石油ストーブで家全体を過度に暖め、Tシャツと短パンで冬を過ごす北海道の生活スタイルには、身体の一部しか温められない炬燵は必要ないのだ。

居間の奥の襖《ふすま》を開けると、十畳間の座敷となっている。座敷の真ん中には、彫り物が施された猫足の座敷テーブル。周囲には人数分の座布団が敷かれていた。

壁はきちんと違い棚まで備えた床の間となっているが、その前に鎮座する六〇インチの液晶テレビが、せっかくの和室の雰囲気をぶち壊している。

「ああ、お疲れさん」

速見がブリーフケースから取り出した書類を座敷テーブルの天板に置き始めた時、日下部が雇った偽の大熊である船越敏雄《ふなこしとしお》が姿を現した。

挨拶を返しながら速見は日英対訳版で書かれた契約書を取り出し、橘に渡す。橘は手近な席に座ると、英語部分の最終確認をする。

「英語、わかんのか。すげえな」船越が覗き込みながら言った。

正面玄関から、セイコーマートのビニール袋を提げた優希が入ってきた。袋から水のペットボトルを取り出すと人数分、テーブルの上に並べ始める。

「おう、一本くれ」船越が、話し相手の標的を優希に変えた。

優希は「はい、どうぞ」と一本船越に渡すと話し相手になることもなく、すぐに玄関へと姿を消す。優希は、買い主が早く到着した時に備えて上がり框《かまち》で待機することになっている。ビニール袋の中にまだ何か入っているが、それが何か、橘には見当が付いた。ちくわパン。日下部と帯広で水の買い出しをする時に、ちゃっかり自分の好物も買ってもらったようだ。

日下部はというと、ポータブル紙幣カウンターをテーブルの隅に置き、動作確認をしている。偽札防止機能も付いたモデルだった。

それぞれが自分の仕事に集中しているので手持ち無沙汰なのだろう。船越は、契約書の最終確認を終えた橘に再び向き直った。

「英語だけじゃなくて中国語も喋《しゃべ》るんだってな。中国語ならおれも独学でちょっと喋れるけど。あんたはどこで習ったんだ？」

「昔の職場で」

仕事前のぴりぴりしている時に話し掛けられると、はっきり言って鬱陶しい。しかし邪険にするわけにもいかないので、短めの言葉で応じる。

「あんたの昔の職場、陸自って聞いたぞ。それも特殊部隊だってな」

橘は咎《とが》める目を日下部に向けた。日下部が少し首をすくめ、『すまん。言ってしまった』という視線を返してくる。

「特殊部隊って外国語もやるのか。ああ、敵さんと会話するのに必要なんだな」

自分で喋りながら合点のいったらしい船越が、頷《うなず》いた。

橘がかつて身を置いていた陸上自衛隊特殊作戦群では、高度な語学能力も隊員の必須条件となる。国外での活動や、外国の特殊部隊との合同訓練、そして共同作戦の際に英語、それも『ペラペラ』どころではない高レベルの英語でコミュニケーションが取れないとどうしようもないのだ。

その上で第二外国語として、中国語、ロシア語、朝鮮語、アラビア語のいずれかが割り当てられる。学校の授業と決定的に違うのは、尋問などに際して、対象話者の思考回路を知り尽くすことが重視されるため、各言語の歴史的背景、宗教、文化をも徹底的に叩き込まれるところだ。

「船越さん」

ふいに速見が声を掛けた。顔を上げようとした船越は一瞬固まり、不自然極まりない動きで元の姿勢に戻る。

「困りますね」速見の渋い顔。「あなたは『大熊さん』ですよ。今からでも、自分に言い聞かせ続けて下さい。誕生日も、干支《えと》も、奥さんの名前と享年も」

「わかってるよ」居心地悪そうに船越が言った。

準備を進めながら、橘は自分が『日下部土地開発株式会社　営業部次長』に〝憑依《ひょうい》される〟のを感じた。詐欺師は、演じるべき人物に自分自身の心を寄せる。どんどん寄せていくうちに、その人物の人格が磁石に引き寄せられるかのように自分の心に突然飛び込んできて、その人物になる。『なりきる』のではなく『なる』。そうすると、口調や物腰、表情が変わり、突然質問を振られてもその人格が受け答えしてくれる。本来の自分は、それを遠くから客観的に見ている。

金融商品詐欺も結婚詐欺も劇場型特殊詐欺も同様で、詐欺師たちは善人や被害者や恋人の演技をしているのではなく、その時には〝実際に、そう〟なのだ。

「それにしても外資ってのは、わかんないな」船越が誰にともなく言う。「買う土地の実物を初めて見るのが契約書を巻く前日って、怖くないのかね」

「外資の『公図買い』は多いですよ」速見が顔を上げる。「特に投機目的なら、現地を訪れないで登記簿記載の公図だけを確認するケースが実に多い。隣地がなければ境界でもめる心配がないので実測する必要もありません。と言うか、実測するとかえってまずい。大概の地割図面は節税対策で狭めに描いているので、それがバレて売買価格が上がります」

「そうか。いろいろあるんだな。それにしても買い手、昨日この辺を車で見に来たんだろ？　一緒にいなくてもよかったのか？　開発計画とか、地元の連中にべらべら喋ってないだろうな」

「買い手側に日本語が出来る人はいませんし、そもそも、公表前の土地開発計画を見ず知らずの人に話す企業なんてありませんから」

「ならいいけど」ペットボトルの水を一口飲んだ船越はそう言うと、少し引きずっている足を手で胡坐《あぐら》の形に折り曲げながら、座布団に座った。

その時、玄関から「到着しました」という優希の声が聞こえた。

橘たち四人は船越を座敷に残し、勝手口の靴を掴むと玄関に向かう。買い手企業、シンガポールの『アスター・ベイ』社の社員たちが表に停められた黒いアルファードから降り立つところだった。

靴を履いた橘が真っ先に外に出て、英語で挨拶をする。

アスター・ベイ側の人数は三人で、男性二人と女性一人。全員が中国系で三十代。男性の一人はアルファードの運転席におり、その男に橘はアルファードを裏手に回すよう頼んだ。優希が誘導する。

「やっと直接お会い出来ましたね」

メールやオンラインミーティングで何度もやり取りしたアリッサ・タンがにこやかに近づいてくる。このままだと握手をする流れになるが、指先に貼ったフィルムの感触に違和感を持たれるといけないので、橘は先手を打ってきちんとした立礼をする。

アリッサたちもにこやかに、腰を折ってお辞儀をしてみせた。

「When in Rome, do as the Romans do（郷に入っては郷に従え）、ですね」

「日本のお辞儀にも立礼や座礼などいろいろあるので、いくつか使えるようになれば日本人とのビジネスの場で感心されると思いますよ。例えば、小笠原《おがさわら》流では『九品《くほん》礼《れい》』といって、座礼を九種類に分けて、場に応じて使い分けたりします」

「大変興味深いです」

「今後、この土地に頻繁に来ることになると思いますし、いい考えですね」

こちらもオンラインミーティングで話したことのある、ウィン＝タッ・ラムが深呼吸をして言った。スペルがWing-Tat Lamなので、〝ウィング〟と呼ばれている。

二人とも、オンラインミーティングではわからなかった橘の身長と筋肉に、少し驚いているように見えた。

「どうぞお入り下さい。売り主がお待ちです」橘が二人を屋内にいざなう。

亜熱帯であるシンガポールの人には雪国の民家が珍しいのか、玄関フードや、その横に立てかけられた『ママさんダンプ』と呼ばれるスコップを物珍し気に見ている。

皆が座敷に集まり、船越扮《ふん》する大熊が紹介される。船越が挨拶をしている時に、アルファードの運転をしていた男が合流する。橘が初めて見る顔で、エドワード・チャンと名乗った。

それにしてもシンガポール人は〝金持ち顔〟が多いな、と関係ないところで橘は思った。特に中国系に多い気がする。この人たちも、グローバルな一流企業に入社出来るネットワークや教育を子供に与えられる、裕福層の子女なのだろう。

長方形の座敷テーブルの奥の長辺にウィング、アリッサ、エドワードが座る。床にじかに座るのに慣れていないだろうと、座布団をあらかじめ何枚か追加して高くしてある。

向かい合って速見、船越、日下部が座った。そして各短辺には橋、小山田が着席する。優希は隣の部屋に控えており、会議そのものには参加しない。

「ダムはご覧になりましたか？」橋が笑顔で訊《たず》ねる。

「はい、見てきました。写真は送っていただいていましたが、実際に見ると巨大で、すごい迫力ですね。とてもきれいで大きな橋もかかっていて、安心しました」ウィングが言う。

このあたりは辺鄙《へんぴ》過ぎて、Googleストリートビューではそのダムの建設以前の様子しか見られない。その現物を実際に見て、笑顔になっている。

アスター・ベイは、ダムに固執した。条例が厳しくなってきているが水源地の価値はまだまだ高く、土地を利用するにしても転がすにしても、大変魅力的なのだ。水源に近く、地区への入口が限られているところ、という条件にぴったり合ったのが、この等森だった。

大熊が所有する二筆の土地がちょうどダムを挟むかたちになっているところも気に入ったらしい。土地をドーナツ状やサンドイッチ状に購入するのはアジアでよく行われる、中間の土地を買わずして実質支配するための方法だ。もし、この取引が詐欺ではなく実際に成立すると、ダムへのアクセスは極端に悪くなり、ダム関係者は新たに林道を切り拓《ひら》くか、アスター・ベイに通行料を払って等森を〝通らせていただく〟羽目になる。

「では、各書類の確認と署名を始めましょう」

英語と日本語で言う。橘は通訳ではなく、場を取り仕切るファシリテーターだ。

会議はうまく進んだ。それは当然の話で、合意事項は全て事前に両者の間で何度も確認されている。この会議は契約書に署名をして、現金の受け渡しをするためだけの場で、疑問や不平不満の出てくる余地がないのだ。

橘が、立て板に水のように進行する。英語なので、何かと余計な発言の多い船越が黙っていてくれるのが有難い。

「こちらが土地の登記に関する各種書類で、瑕疵《かし》担保責任などを記載した重要事項説明書が付属しています。英訳を確認した公証人の署名がありますのでご確認下さい。こちらが大熊氏の本人確認書類であるパスポートです。測量図面については事前の合意により作成せず、登記簿記載の公図を参照します」

海外相手だと、パスポートが最も説得力のあるＩＤとなる。もともと大熊が取得していなかったことを利用し、住民票や本籍を工作して船越の顔写真を使って申請して、〝正規の〟パスポートを取得した。

「それでは、宅建士より、契約書の内容を説明します。契約書の説明は、宅建資格者でないと出来ませんので」

儀式のようなものではあるが、契約書の説明も行わなくてはならない。偽の宅建免許証を相手から見えるようにテーブルに置いた速見が、契約内容や各種書類の説明を日本語で行い、橘が英語部分に沿って通訳をする。不動産取引では、『資格者の免許証を確認し、その人物に説明を受けた』ということが非常に重要とされる。

説明を終えると速見は、大熊役の船越に最終確認をする。

「大熊様、この契約内容に沿って、アスター・ベイ社に土地をお売りになりますね」

船越が「はい、売ります」と言ったところで、橘がアスター・ベイの三人にその旨を伝える。

アスター・ベイの三人と船越が契約書に署名し、さらに船越が大熊の印鑑を押す。

四千万円分の現金がアルミケースから出され、テーブルに積み上げられた。船越が涎《よだれ》をたらしそうな目で札束を見る。

馬鹿、そんな顔をするな。橘は心の中で罵ったが、これがむしろ自然な反応かもしれないと思い直した。

それにしても、いくつかの山に分けられた現金がテーブルに鎮座する様子は、何だか昭和の遺物というか、昔の野蛮な習慣を再現しているみたいだ。

日下部が帯封をほどき、紙幣カウンターで枚数を確認する。

枚数は間違いなく、偽札の疑いありとして弾かれたものはない。船越はA4サイズの英語の領収書にその場でサインと押印をし、アリッサに渡す。受け取ったアリッサは頷くと、その領収書をブリーフケースに仕舞った。

「領収書にrevenue stamp（収入印紙）は必要ないのですか？」

「個人の取引ですから必要ありません」橘が即答する。少なくともアリッサは、日本での土地購入は初めてではないようだ。

再び帯封がされた現金がアルミケースに戻され、船越の目の前に置かれた。

「二週間後に、釧路《くしろ》地方法務局でお会いしましょう。司法書士と皆様とで、所有権移転登記の申請をします」小山田を指し示し、橘が言う。

「我々の今回の滞在中には出来ないのですか？」アリッサが首をかしげた。

「ここは予約制でして。いつもずいぶん先まで埋まっているのですが、これでも早い方ですよ。所有権が移動したあと一か月以内に行うと定められているので、法的には問題ありません」

もちろん嘘で、登記が行われることはなく、二週間というのは事務所を畳み、メールその他通信の痕跡を消し、逃亡し、精神状態を通常のものに戻すための期間——それもかなりバッファを持たせたもの——に過ぎない。

　虚の説明に納得したアスター・ベイの三人は荷物をまとめ始める。だらだらとした雑談は〝相手の時間を浪費している〟と見なされるので、海外のビジネスパーソンは退出が早い。オンラインミーティングでも、話し合いが終わって全員が一斉に別れの挨拶をしたら、ホストは誰の退出も待たずにさっさと切ってしまうのが常だ。

「問題なく取引が済んで、大変喜ばしいです。では、我々はこれで」

　三人が玄関を出て、裏に停めてある車に向かうのを日下部、船越、橘が同行する。

「歴史のある、いい家ですね」歩きながらウィングが大熊の家を褒めた。「日本の民家といえば瓦屋根が付き物だと思っていたのですが、この家は違いますね」

「北海道には瓦屋根がないんです」

「どうしてですか？」

「積雪が多いことと、本州から移り住んだ開拓民が高価な瓦ではなく柾葺《まさぶ》きを用い、その後急激に欧米式建築が採り入れられたからだと聞いています」

「この家は築何年くらいなのですか？」船越が英語を話せないことを一瞬忘れたらしいウィングが訊く。

「大熊さん、この家は築何年くらいか訊いています。昭和初期くらいですよね？」船越に向かい、『話を合わせろ』と目で言う。

「お……おう、そのくらいだ」

口ごもる船越に内心舌打ちをしながら、橘は自分が間に入らなくてはならない英語の会話で本当によかったと思った。

「約九十年前だそうです」実際はもっと築年数が浅い気がするが、まあわからないだろう。「その後何度もリノベーションをしていますが」一応付け加える。

ウィングは、中途半端な年数なのであまり会話が広がらないと察したのか、曖昧に頷くと歩き続ける。

三人を乗せた車が走り去るのを見送った橘たちは大急ぎで家の中に戻る。

座敷では、速見と優希がテーブルを元の位置に戻し、座布団を重ねていた。

「朝撮った写真、見せてくれ」

橘が言うと、優希がタブレット端末を差し出した。橘たちが入る前に優希が撮影した、この家の元々のレイアウトの写真が表示されている。

全員が、撤収作業に取り掛かった。偽造指紋フィルムが手汗で剝《は》がれるといけないので、極薄のゴム手袋を着ける。

速見が、船越以外の全員から名刺や社員証を回収し始めた。それらは後で裁断され、焼却処分される。

「じゃ、おれたちは金を持って先に行く。原状復帰、頼む」

アルミケースを提げた日下部が言った。日下部の事務所にこの後〝両替屋〟が来ることになっており、現金を渡して匿名性の高い仮想通貨に両替してもらい、各プレイヤーの隠し口座に配分することになっている。

「十九時に事務所で合流な。打ち上げは寿司《すし》にしよう」

日下部、船越、優希が勝手口から出て行く。

残った橘、速見、小山田は、タブレットの画像を見ながら移動したものを元に戻す。座布団の積み重ね方、カーテンの開き具合、トイレのスリッパの並び――。

南富良野《みなみふらの》に住む息子一家を訪れている本物の大熊が帰宅するのは夕方のはずだが、車に取り付けたGPSで位置情報を確認すると、こちらに向かってきている。事情が変わったのだろうか。

「大熊の帰宅、約三十分後です。急ぎましょう」

「何でそんなに早いんだよ」

「知りません。そんなこと。息子夫婦と喧嘩でもしたんじゃないですか。ともかく、早く撤収しましょう」

橘と小山田はぶつぶつ文句を言いながら水のペットボトルも回収し、化学雑巾を取り出して畳やダイニングキッチンのリノリウム床を拭く。抜け毛や服の繊維などを残さないためだ。速見は座敷でタブレットと室内を交互に睨みながら、原状復帰の最終確認をしている。

床を拭きながら、小山田が橘に囁《ささや》いた。

「厚さ、四十センチ強」

「何の厚さだ？」

「四千万円」

「だからどうした？」

「隠して運べないこともないかなと思いまして。ちょっと重いですけど。四千万円あったら、何が出来ますかね」

「お前、何考えてるんだ」

「……僕の分け前は四百万くらいだと思ったら力が抜けて、変な気持ちになってきたんですよね」

「お前なあ……」周囲を見回し、速見が近くにいないことを確認する。「にしても、ピン札だぞ。どうやって洗浄するんだよ」

「そのくらいのネットワークなら僕にもあります。橘さんだって、そうでしょう」

「たった四千万で全員に追い掛けられるリスクを背負うのか？　それに、それっぽっちの金で日本で出来ることなんてたかが知れてる」

言い終わってから、自分の言葉がひっかかる。

『今の日本で』――日本でなければどうなんだろう。

橋が死んだと工作し、物価の安い国に渡って新しい身分を買う――特戦群時代、休暇のたびに自腹でアメリカ合衆国に渡って最新の理論講義と訓練を受けていたのだが、そこで一緒だった仲間の中には、それぞれが所属する海外の特殊部隊、民間軍事会社を除隊、退職してから、南米や東南アジアの裏社会で活躍する者たちがいる。

いや、それでも――橘は思い直した。たとえ物価が安い国であっても、役人や裏社会に賄賂をばら撒かなくてはならない。そして物価が安い国に限って、上から下まであらゆる立場の人間が手のひらを上に向けて突き出してくる。

でも、何とかうまく立ち回れば――。

「……馬鹿なことを考えないで、急いで終わらせろ。本物の大熊がすぐ近くまできてるんだ」

橘は、上がり框に最後のひと拭きをくれる。これで、心の中でぐるぐる回っている良からぬ考えも拭い去ることが出来るかと思ったが、うまくいかなかった。

千葉県習志野《ならしの》市／東京都目黒《めぐろ》区　五年前

立花（橘）

習志野駐屯地、特殊作戦群本部の会議室。

目の前の長テーブルに着いた上官たち。

「納得いきません」パイプ椅子から立ち上がり、立花が抗議する。

「決定事項だ。それに、ここはお前の意見を聞く場じゃない」きびきびした口調で、隊長の1佐が告げた。

その横には副長の2佐、小隊長の1尉と曹長が控えている。二〇〇四年の創設以来、立花がずっと所属して様々な訓練や特殊任務をこなしてきた特殊作戦群で一緒に戦ってきた、同志だ。

「S（特戦群）に留まることも、許されないんですか」自分でもわかる、険のある目付き。

本来、自衛隊内では上官に対してこのような言葉遣いや態度は許されるものではなく、これだけでも懲罰の対象になる。しかし特戦群はある意味〝特区〟で、一般的な自衛隊のルールは通用しない。態度よりも懲戒処分の数よりも、実力がどれだけあるか、任務にどれだけ真剣に取り組み、その重要性を理解しているかが判断基準とされる実力社会なのだ。

「そういう受け止め方をするな。まず自分自身の病気と闘い、新しい職場で活躍するという、新しいミッションと捉えろ」とりなすように副長が口を挟む。

言い方を変えただけで、つまり病気を患ったから出て行けということじゃねえか。まどろっこしいオブラートに包みやがって。立花は心の中で文句を言った。

立花の病気は、一過性全健忘の一種と診断されている。ある時突然、何の前触れもなく記憶の一部がなくなってしまうというもので、その状態が数十分から一時間ほど続く。自分の名前や年齢職業、周囲の人間の名前などは覚えているが、自分が何をしているのか、車の運転をしているなら目的地はどこなのか、わからなくなる。そして回復後、発症中のことは思い出せない。

発症したのは射撃訓練の最中だった。仲間の隊員の証言によると、立花は拳銃を構えた瞬間に、そのままの姿勢で考えにふけるような様子を見せ、やがて銃を下ろしてふらふらと歩き出したかと思うと『自分はここで何をしている』『何故銃を持っているんだ』と周囲に訊ね始めたらしい。

仲間が慌てて銃をもぎ取り、物陰に座らせて様子をうかがったが、数十分間、その状態が続いたという。

ミッション遂行中でなかったのは幸いだった。しかし、その時の射撃訓練というのが、的の両脇に生身の隊員を立たせ、十数メートル離れたところを走って移動しながら的に当てるという、一般の部隊では絶対に行わない過激なものであったため、発症中の行動によっては、的の脇に立つ隊員の生命に関わる可能性もあった。

上官により、その場にいた隊員全員に、徹底した聞き取りが行われた。そして立花は医官の指示で、頭部CTやMRI検査、脳波検査、脳血流検査などを受け、虚血や脳梗塞《のうこうそく》がないか、てんかん発作ではないかを確認した。

結果はどれも正常で、精神的ストレスの蓄積によるものと推察された。この疾病は統計上、生涯に一度しか発症しないことが多く、再発する割合は約十パーセントと言われている。詳しいメカニズムはわかっておらず、アルコールの過剰摂取、特定の薬の服用、精神的・肉体的なストレスなどをきっかけに発症することがあるとされている。

『任務中に多大なストレスを抱えていて、それを無意識に抑えつけていたのだと思います』

『そんなヤワな人間じゃないですよ、俺は』ストレスという見立てに納得いかない立花は反論した。

『ヤワかどうかの話ではありません』これだからSは……と言いたげな顔で、医官が立花を諭す。『例えば、痛みに強い人が、大したことないと思って放置していたかすかな痛みが、実は大変な病気の兆候だった、というケースを考えてみて下さい。同じことが、あなたの精神の中で起こっていたんです』

立花は言い返せなかった。

『記憶障害といえば、戦地帰りの軍人に解離性健忘による記憶障害が見られるケースも多いです。医官の私が言うのも何ですが、戦いというのはそのくらい精神への負担が大きいんですよ』

結局、医官の診断書をもって九十日間の有給病気休暇を取り、そして戻ってきた途端にこの異動の話を聞かされた。

もし今後、さらなる療養が必要と見なされた場合には約三年間の休職となる。三か月に一回、医師の診断書の提出が必要で、給与の保障額は八十パーセント。

その治療期間でも回復が見込めず職場復帰できない場合は分限免職となる。しかし多くの場合は、分限免職ではなく依願退職の形式をとるという配慮がなされる。

立花の場合、少しでも再発の可能性があるため、特戦群に留めることは危険であり、陸自内で事務職に就かせるのが妥当と上官に判断された。

目の前にいるその上官は無表情を繕ってはいるが、言葉や仕草の中に、いくばくかの苦悩も見え隠れしている。
それを見ながら立花は、陸自入隊時に上官に何度も言われたことを思い出していた。『置かれた場所で咲け』『人事と書いて、ひとごと。配属が決まったら、諦めろ』
そして正式な人事発令がなされ、立花は目黒区中目黒《なかめぐろ》の教育訓練研究本部に異動となったのだった。

着任当日から、立花は新しい職場に嫌悪感を持った。

大部屋を区切った、殺風景で静かな事務フロア。立花が配属された係はその中でも一番小さな、隊員六名だけのチームで、部署をまたいで事務作業のバックアップをするところだった。愛想のない大量生産品のデスクを向かい合わせて配置した〝島〟は、まるで追いやられたようにフロアの隅に置かれ、他部署とはパーテーションではなく衣装ロッカーで遮られ、外から入ってくる人間からは見えないようになっている。もしかしたら、外部に接触させたくない問題児や、何らかの理由で隊から放り出すことの出来ない人材を溜めておくところじゃないのか、と勘繰ってしまう。

この島型対向のレイアウトも、立花は気に入らない。これはかつて電話機の数が少なかった頃の名残《なごり》なので、現代では無意味なものだ。しかし〝島上座〟が明確なので、自衛隊のような組織の場合、他部隊の者がこの島を訪れた時に『一番偉い人』がどこに座っているのか一目でわかり、都合が良い。加えて、民間企業でもそうだが、上層部に反旗を翻す部下が出ないよう、日常的に相互監視をさせられるメリットもある。部下を部品や消耗品としか考えていない組織が、チームを統率しやすくするのに最適な、つまりクソみたいなレイアウトだ——自分が放り込まれた環境のあらゆるものに違和感と嫌悪感を抱いている立花は、数か月前まで所属していた特殊作戦群が陸自の中ではどれだけ規格外だったのか、ひしひしと感じている。

勤務開始時間に着任の報告を上官の竹元《たけもと》曹長にしたところ、竹元は眼鏡の奥にあるぎょろりとした眼で立花の全身を睨《ね》め回し、もったいを付けて立ち上がると、渋々という感じで答礼した。

その竹元が曲者《くせもの》だった。病的なまでに神経質で規則好き。自衛隊員が規則に従うのは当然ではあるが、竹元は融通が利かず、物事に臨機応変に対応出来ないので、規則というものを信奉、妄信している節がある。罹災地《りさいち》でも戦場でも、最後にものを言うのは柔軟な対応力なのだが。立花のように、納得のいかない規則は撤廃するか改善するかしろと上官にずけずけ提案し、下らない規則を破っても結果が良ければ全て良しと考える人間は、竹元の目には異次元人に映るだろう。

それに加えて、自分の周りに誰かひとりはいじめの対象を作っておかないと落ち着かないタイプの人間でもあった。そして、体力や筋力にコンプレックスでもあるのか、竹元はいじめの標的を立花に決めたようだった。各種書類の書き方はもちろん、行替えの位置や句読点の数にまで物言いがついて突き返され、目の前で破り捨てられ、やっと仕上げても押印は夜や翌日に持ち越され、挙げ句の果てには叱責《しっせき》がエスカレートして話があらぬ方向に飛び、出身地や親の職業にまで言及するというパワハラが続いた。

書類への突っ込みは、これまでは面と向かってねちねちと説教をされていたのが、最近ではチーム全員がCCに入ったメールとなっている。立花が正確に書類を書いても、穴を探す竹元が、自らの勘違いによって的外れな指摘をしてくる。『何故あんな出鱈目《でたらめ》な書類を書くのか』『文面から、自衛官としての自覚が感じられない』といった、難癖ではなく指導であると主張出来るぎりぎりの書き方で、立花に恥をかかせることに注力したメールが一日平均二十通ほど展開される。

何か月間も飽きることなく続いているパワハラはさすがに他の隊員の目にも余るようで、竹元の離席中に何か言いたげな視線を送られることがある。しかし彼らにしてみれば、明日は我が身。矛先が自分に向くとまずいと考えているのだろう、竹元の言動を批判したり、表立って立花を守ろうとしたりする者はいない。

こんなガキのような上官のパワハラごときで参る立花ではないが、周囲の隊員が見て見ぬふりをし、自分が標的にならなくてよかったとあからさまに安堵《あんど》している姿にも腹が立っている。

特殊部隊で身に付け、第二の本能となった考え方は、与えられたミッションを、どんな犠牲を払ってでも完遂することを最優先するというものだ。それを妨げる存在に対してはどうしても『排除』という考えが浮かぶ。なので、どうしても『竹元を排除する方法』をいつも考えてしまう。

その思いは、特戦群で鍛え上げた図太い神経で何とか抑え込むことが出来るが、自分が『第一線から外された』『現場では役に立たないと上層部に評価された』という気持ちは、何度追い払っても戻ってくる蠅《はえ》のように立花に付きまとっている。

それにしても——。

上官の席を回って決裁書類に判をもらうスタンプラリーを終え、ついでに事務棟の周囲を何周か走ってきた立花は、自席に戻って考える。聴覚過敏なのか、紙の束をデスクの上でとんとんと揃えていた目の前の席の隊員を「うるせえんだよ！」と甲高い声で怒鳴りつける竹元。バネ仕掛けのように立ち上がって謝る隊員と、亀の子のように首をすくめて嵐が過ぎ去るのを待つ他の連中。

——俺はここでやっていけるんだろうか。

『置かれた場所で咲け』という言葉がまた頭に浮かび、綺麗《きれい》ごとをぬかしやがってと気分が悪くなる。俺にここで何をしろと言うんだ。ハスに、砂漠で咲けというようなものではないか。

つくづく、自分が現場ではもう必要とされていないという思いがつのってくる。

そんな辛気臭い部署でも、年の瀬には忘年会が行われる。予算の都合で歓迎会を行ってもらえなかった立花にとっては、チームメンバーとの初めての飲み会となる。

場所は本部に近い中目黒の居酒屋だった。特にこれという特色も工夫もない店だが、それがかえって自衛隊の飲み会に相応《ふさわ》しいと思えなくもない。

隊員が酔った際、一般人に聞かれたくない話が出るとまずいので、席は一番奥の個室を予約してある。

多分こんな雰囲気の会になるだろうな、という立花の予想は見事に当たった。制服ではなく私服で集まった参加者たちは義務感丸出しで、幹事役だけが活き活きして注文を店に伝えている。通常だと幹事は面倒くさいので誰もやりたがらないものだが、このチームは会話が少なく、居心地の悪い沈黙が頻繁に訪れるので、注文を取ったり好き嫌いを訊いたり、黙る時間が少ない幹事が一番気楽なのだろう。

はじめから生ビール中ジョッキを二杯頼んだ立花は、乾杯の後でまず一杯呷り、空になったジョッキを音を立ててテーブルに置くと二杯目を、今度は味わいながら飲む。

どうせ話の中心、というかネタにされるのは自分の飲み食いに関してだろうなという立花のこの予想も、また当たった。

　普通の人がシシャモを食べる感覚でサンマの塩焼きをかじり、何枚ものレタスを箸で器用に厚く重ねてひっきりなしに口に運んで皿を空にし、だし巻き玉子を一度に二切、口に放り込む。

「やっぱり元Sの人って食べ方が豪快ですね」典型的な小役人タイプの隊員、真田《さなだ》がこれ以上無難な発言はないという発言をした。

　ほうれん草のおひたしを咀嚼中だった立花は真田に向けて軽く頷きながら、幹事が差し出す麦焼酎のロックを二杯、自分の目の前に置いた。

「なんか飲み方もすごいですし。Sの人ってみんな、こんなに酒強いんですか？」

「まあ、こんなもんですね」焼酎でほうれん草を飲み下した立花が笑って答える。

「この焼酎なら、Sが三、四人いれば七本くらいすぐに空きます」

　おおっと嘆声が上がり、また全員の意識がそれぞれの取り皿に向いた時、立花の左側に座る、つまり仕事場と同じ配置で座っている竹元が、立花にだけ聞こえる声で
「調子に乗るなよ」と囁いた。

　自分を気に入らないのならどこがどう気に入らないのか話してくれないとどうしようもないのだが、竹元はそのつもりもないようだ。粘着質のパワハラ体質なので、理由はないのかもしれない。

まあ、どうでもいいか。酒がほどよく回り始めていた立花は無視を決め込み、ひたすら飲食を続ける。

食べながら周囲を見渡すと、隊員たちが飲み食いする速度は、典型的な自衛隊員のそれだ。この部署でもそこは自衛隊員なんだなと立花は妙な感心をした。

総体的に自衛隊員は、職種を問わず、行動が一般人の一・五倍か二倍ほど速い。自衛隊員と付き合ったり結婚したりする一般人は、デートの際の歩行や食事のスピードだけでなく、家事全般を倍速で異常に手際よくこなすパートナーに目を丸くすることになる。

居酒屋の予約の時間も終了に近づいた頃、幹事によって閉会が宣言されて一本締めが行われた。

どうも〝不発感〟が拭えない立花は、この後一人で飲み直そうと思いながら個室を出て、三和土の上に店員が並べておいてくれた靴を履く。

その時、背後で忘れ物の確認をしていた幹事が、「あれ、グリーンサラダのドレッシング、ほとんど残ってる」と言った。「立花さんがだいぶ食べてたんで、追加でもらったんですけど」

「ああ、俺はドレッシング使わないんだ」

靴を履いて立ち上がる。その横で、店に預けていたコートを受け取りながら竹元が、「野戦の時に、そこら辺に生えている雑草とか食ってる筋肉脳は、ドレッシングなんて要らねえんだよ」と嘲笑する。「ねぇ？　立花君」子供に話し掛ける口調を真似た、馬鹿にしきった発言。

黙れ、ボケ。お前の目は節穴か。立花は心の中で毒づいた。特戦群の隊員は確かに凄まじい量の飲み食いをするが、身体や脳を常時最高のコンディションに保つことを心掛けている。こういった居酒屋での飲食でも、繊維質、蛋白質《たんぱく》、各種ビタミンをバランスよく摂取し、油分はフライドポテトや唐揚げのような悪性の揚げ物ではなく青魚から摂り、炭水化物を必要最小限に抑える。

しかし、これに関しては竹元の目だけが節穴なのではなく、一般自衛隊員も、特戦群の隊員の食事量とスピードに圧倒されるだけで、食事内容のストイックさに気付くことはない。立花が今まで出会った中でこれを看破したのは自衛隊員ではなく、数年前に合コンを開催した時に女性参加者の中にいた、管理栄養士だけだ。

店員の「有難うございました」という声に送られ、居酒屋を出た。立花以外の全員は、夜の目黒川を渡ってくる師走《しわす》の風に首をすくめ、身を震わせる。

酔いが回ったのか、ひょろりとした両脚を絡めるような歩き方で出てきた竹元が、にやにやと笑いながら立花の肩を叩く。

「帰り道、忘れるなよ」

立花の中で、抑えようのない何かに火が点《つ》いた。

「じゃあ、ここで解散にします」幹事が言った。帰りの電車が同じ者もいるのだが、仕事終わりの電車で顔を突き合わせるのを避ける風潮のある部署なので、皆ほっとした顔になる。

「悪い店に寄らず、ちゃんと家に帰るように。家に帰るまでが飲み会だからな」

面白くもない竹元の冗談に、皆が愛想笑いをする。

「じゃ、良い年を」

「質問」立花は手を挙げ、立ち去ろうとした竹元に声を掛けた。

「何だ、立花」

「家に帰るまでが飲み会であれば、会の開始時に『今日は無礼講だから』とおっしゃったのも、まだ〝生き〟でしょうか」

「まあ、そういうことになるな」何を言っているのだという顔。「それがどうした」

「親睦を深めるために相撲でも取ろうと思いまして。ちょっと失礼」

立花はそう言うとずかずかと歩み寄り、竹元の後襟とベルトの背中の部分を掴むと頭の上に持ち上げた。

「ちょ、やめろ！　やめろ！　てめえ!!」空中でばたばたともがく竹元の叫び声。

「相撲の次に、寒中水泳はどうでしょうか」言い終わるなり立花は、目黒川の水面に竹元を投げた。

どよめきが上がる中、竹元の悲鳴が空中を駆ける。ウシガエルの断末魔のようなその悲鳴は、人間が落ちたとは思えないほど軽く薄っぺらな水音と共に途絶えた。


年末の休暇を返上し、聴取のために参集した陸将補たちは、一様に不機嫌だった。会議室の真ん中に直立不動で立つ制服姿の立花、それを囲むようにコの字型に配置された長机に並んでいるのは、陸将である本部長、副本部長兼総合企画部長、教育部長、研究部長、訓練評価部長、開発実験団長の六人。つまり主要幹部が全員揃ったことになる。様々な部署にまたがって事務の補助をするのが竹元の部署なので、このメンバーがそれぞれ少しずつ関わる案件となったのだ。そして本部長が出てくる以上、雁首《がんくび》を揃えなくてはならない。

立花は目の前の幹部連中を見回した。本部長以外の階級は全員陸将補だが、副本部長以下、しっかり防衛大学の『期』の順になっている。

「もう一度確認するが、竹元曹長と争ったのではなく、お前が一方的に川に投げ込んだんだな？」本部長が訊く。

「はい」

何度も同じことを訊くなよ、と立花はうんざりした表情が表に出ないよう、苦労していた。さっき、警務官と長々話した時に、横で全部聞いていただろうが。

立花の暴行事件はその夜のうちに幹部の知るところとなり、練馬《ねりま》区の朝霞《あさか》駐屯地に駐屯する東部方面警務隊から警務官が駆け付けた。警務隊は陸上自衛隊内での捜査権を持ち、警察の役割を担う隊だ。警察やその他司法警察職員と同様に、独自の起訴を行なうことがなく、被疑者を逮捕し取り調べを行った後に検察庁へ送致する。

びしょ濡れで病院に駆け込んだ竹元の怪我《けが》は打撲程度の軽症だったが、傷害罪には違いなく、まして自衛隊員が上官に暴行を振るうことはあり得ない。

竹元は『刑事訴訟だ』と息巻いているが、幹部たちは、これまで何人もの部下を退職や鬱病に追い込んだ竹元のパワハラが表沙汰になることを恐れ、何とか『喧嘩両成敗』に持って行こうとしている。しかし立花は、竹元のような者と殴り合ったと周囲に思われるのはプライドが許さず、あくまで自分が一方的にやったことだと正直に主張しつつ、その理由については黙秘を続けていた。『パワハラに腹を立てた』と認めるのすら業腹だったのだ。

幹部の本音としては、喧嘩両成敗などではなく事件自体を揉《も》み消したかったのだが、警務隊が出てきた以上、そうはいかない。

目の前の本部長は、大変わかりやすい苦々しさを出している。何故、こんな問題児が配置されたのだ……という思いがそのまま顔に出ているのだ。

「我々としては、警務隊と相談の上で、なるだけ穏便に済ませようと思う」

事なかれ主義。まあお好きにして下さいと、やけくそになっている立花は心の中で呟いた。

「竹元はどうしている？」副本部長が隣の研究部長に訊いた。

「医務室で警務官の聴取を受けています。風邪をひいたとかで……」

思わず笑いそうになるのを、こらえる。

「Sでは、飲み会の締めに上官を川に投げ込む伝統でもあるのか」肩を震わせる立花の様子に眉をひそめた副本部長が言った。

「伝統と言ってよいのか分かりませんが、遊びでよくやります。自分から飛ぶ場合もあります」

実際の話、特殊作戦群や第1空挺《くうてい》団では、こんなことはじゃれ合いレベルで、珍しくもない。互いに隙を見ては放り投げ合ったり、競って飛び降りたり。立花自身も、習志野駐屯地で空挺教育隊の訓練を受けていた頃、宿舎で先輩や同期と部屋飲みをしていてよくやったものだった。酔った先輩に命じられ、これも酔った同期や後輩と列を作って次々と三階の窓から飛び降りては階段を駆け上がって戻り、また飛び降りるという『永久機関降下』という遊び。着地してすぐに転がって受け身を取らないと、別の奴が身体の上に落ちてきて、下手をすれば命を落とすというスリルが面白く、習志野ではまだやっている後輩が多いはずだ。

「竹元曹長が大怪我をしたり、下手をすれば命を落としたりする可能性は考えなかったのかね？」本部長が突き放すような口調で訊ねる。

「考えませんでした」

「何故だ？」

「職種関係なく、自衛隊員ならあのくらいの受け身は取れるはずです」

パイプ椅子の背もたれに背中を預けながら、本部長は苦虫を噛《か》み潰したような顔をした。


年の瀬という時期的な問題もあり、立花にはひとまず十五日間の停職処分が下され、正式な処分は正月明けに下された。

懲戒免職。

その処分を知らされた後、本部長に『隊に感謝してもらわなければならない』と言われたので、こいつは頭がおかしいのかと訝《いぶか》ったものだが、陸自の幹部が検察官と交渉し、不起訴処分に持って行けたので、それを感謝しろということらしい。しかしそれも表向きの話で、自衛隊としては、事件は世間に知られるところとなったが、その原因である竹元のパワハラは何が何でも隠蔽《いんぺい》しなければという思いがあったようだ。

事件が世間に知られるようになった経緯についても、幹部は怒り心頭だった。立花は竹元を川に投げ込んだ直後、ヒット・アンド・アウェイの要領でその場を離れて群衆に紛れ込んだものの、無様に水面を叩く竹元の様子や、半ば千鳥足で救出を行う隊員たちの姿は一般人のスマートフォンで撮影され、SNSでバズりかけている。それを、陸上総隊の直々の指示により、教育訓練研究本部は、サイバー防衛隊の出動の可能性や起訴の可能性をちらつかせながら必死で抑えている状況だった。

竹元はというと、研究部長が言ったように風邪をひき、自衛隊員にあるまじき虚弱さによるのか、なかなか回復せず、せっかくの正月休みを寝込んで過ごす羽目になったらしい。


民間人に戻ってからしばらくの間、気分が交互に上がったり下がったりする、妙な気持ちが続いた。陸自以外の仕事をしたことがないので不安ではあるが、新しい環境を想像すると興奮もする。むしろ自分のメンタルをそう持って行かなければ、やっていられない。

いずれにしても、自分がどこで何を出来るのか考えよう。病気のことは、人に言わなければいい。再発する割合が十パーセントのものにビビることはない。たかが病気に、俺の人生をかき乱されてたまるか。

さて、具体的にどうするか。あの教育訓練本部の不愉快な環境が世間のスタンダードなのかは知らないが、事務職はどうしても躊躇《ためら》われる。

では、自分で会社を設立するのはどうか。例えば、ボディガードの派遣に特化した警備会社。しばらくの間は自分一人で切り盛りして、大きくなれば社員を募集する。

悪い考えではないように思えた。ボディガードにも専門的なノウハウや知識、トレーニングは必要だろうから、まずは養成訓練を受ける。そして、故郷の北海道で会社を設立する。

問題は、資金だ。懲戒免職になった立花には退職金が出なかったので、まとまった金がない。ならば借りるしかない。しかし、職歴は陸自しかなく、しかもそこをクビになった人間に、銀行は金を貸すだろうか。

銀行が金を貸してくれない場合、または貸してくれても十分でない場合は、個人的に誰かから借りるしかない。

結局、銀行は融資してくれず、助成金の審査も通らなかったので、先だって札幌《さっぽろ》で事業所として事務所を借りた時に世話になった不動産屋の伝手《つて》で、出資してくれる人物を見付けた。

宅建士の名刺を持って現れた、自称不動産ブローカーの速見忠広。

この貸し主の選択については、いまだに後悔している。

伊達市《だて》　一か月前

結香《ゆいか》（優希）

ケアハウスの副施設長室に五度目に呼び出された時には、また母が他の入居者を罵倒したか暴力行為に及んだのだろうと思っていたが、そうではなかった。

「お母様の先月分と今月分の居住費が未払いとなっています。当施設の滞納猶予期間は三か月ですので、来月末までこの状態が続きますと、契約解除ということに……」

副施設長はそこまで言うと、言葉を濁した。

膝を揃え、その上に握った両手を置き、俯《うつむ》いて聞いていた結香は「すみません。何とかしますから、それまで待って下さい」と絞り出すように言う。

顔を上げると、眉を八の字にした副施設長がこちらをじっと見ていた。介護業界一筋の、五十がらみの女性。本人もこんな通達はしたくないだろうが、ボランティアではなく営利団体であるケアハウスの現場を預かる副施設長としては避けて通れない、というのも結香には理解出来る。

ケアハウスなどの使用費、居住費は、入所者本人に資産がなかったり、金銭管理が難しかったりする場合は、連帯保証人でもある身元引受人に請求される。結香の父親は数年前に他界しており、親戚付き合いもない。兄夫婦はいるのだが、何だかんだ理由を付けて逃げ回るのをやっと引っ張ってきたところ、万年金欠のプログラマーとアフィリエイターという自由業夫婦だったため、連帯保証人の審査が下りなかった。

結局、引き受けられる唯一の人物は市役所に勤務する結香しかおらず、支払い義務も、それ以外の何もかもも背負うことになってしまった。

「もし当施設の費用面でご無理があるようでしたら、特養をご検討いただいたり、介護保険料の減免とか公的制度を活用されたり――」

「わかっています。必ずお支払いしますから」言いながら結香は席を立つ。

やれることは全部やった。その結果がこれなのだ。母親の生活保護申請や、いろいろな費用の軽減を受ける減免制度の申請は、母親に持ち家という資産が、結香には定収入があるので受け付けられなかった。

そして、ここよりランクの低いケアハウスは母親のプライドが許さないらしく、結香が一生懸命集めてきたパンフレットを顔に投げ付けられた。

結香は副施設長室のドアに向かってつかつかと歩を進める。副施設長が追いすがるように話を続ける。

「または、ご自宅に戻られて訪問介護を――」

「自宅介護はあり得ません。それをやるくらいだったら、母を殺して、あたしも死にます」

言葉を失った副施設長の鼻先でドアを閉める。

副施設長は決して結香を困らせたり母を追い出したりしたいわけではなく、善意で言ってくれている。

その善意が、今は腹立たしい。

もともと母親との折り合いが良かったとはいえない。いや、折り合いの良し悪し以前に、ことあるごとに周囲と比較して結香を貶《おとし》め、やる気をくじく母親は、今の言葉で言う『毒親』だった。

子供は自分の思い通りに動くものだと思い込み、その通りに動かなければパニックを起こす。ほとんどの場合、そのパニックは結香への暴言や侮辱、時には暴力として表れた。

幼少の頃から兄と差を付けられ、成長するにつれ、結香を見る母親の目がどんどん冷たくなり、やがて罵声や手が出るようになった。

父親と兄は家の中では空気に等しく、母親が金切り声を上げる予兆を感じたら自室にこもるか、外出してしまう。母親を止める人間がいない。もはや何を言っているのか聞き取れない喚《わめ》き声から、結香は、自我が崩壊しないよう耳から意識を離し、表面上はしおらしく反省したふりをする技術を自ら体得するしかなかった。

母親の外面は大変良く、同級生の親には上品で優しい、インテリのママという物腰で接したが、同級生たちと別れた帰り路では、稲妻が走るようないつもの表情に戻っている。その顔を見るたびに結香は、いつもの緊張感と、日常に戻ったという自虐的な安心感が、心の中で妙な具合に同居するのを感じたものだった。

数年前に脳梗塞で倒れた母親はその後遺症で車椅子生活を余儀なくされ、それが原因なのかは分からないが、六十代前半にして若年性アルツハイマーを発症し、ケアハウスに入居した。

「お母さん。入るよ」

結香はそう言いながら、母親の個室のドアを開けた。母親は、介護用ベッドを背上げして上半身を起こした姿勢で、険のある目を結香に向ける。

「ごはん、ちゃんと……」そこで口を閉ざした。母親の膝の上、オーバーテーブルに載せられた食事には手を付けられた形跡がなく、トレイの上で冷めきっているのがここからでも見て取れた。

「食べた方がいいよ。栄養のバランスも考えてくれてるし——」

「お前がもっとしっかりしてたら、私もこんなところに押し込められなくて済んだんだけどね」険のある声。病気のせいもあるのだろうが、最近はどんどん感情がむき出しになり、話の脈絡がなくなってきている。

高圧的な母親との主従関係が身に付いている結香が言い返すことは、ない。

「さんざんお前の面倒を見た、こんな可哀そうな実の母親に、なんでお前はそんな仕打ちが出来るの？　なんで？　なんで⁉」

「念のためにいろいろ作って持って来てよかった」

紙袋から、いくつもの容器に小分けした料理を取り出して備え付けの冷蔵庫に入れていく。

「冷凍してあるけど、なるべく早めに食べてね」

「誰が温めるの？　まさか自分でやれって言うの⁉」

「そんなこと、言ってないよ」

「いいえ、言った。今、言った。聞いたから。なんでそんな嘘を吐くの⁉　お前は、昔からそうだ。今やりなさいよ。ああ、お腹空いた！　お腹空いた！　そんなに私の面倒を見るのが嫌なの？　誰のせいでこうなったと思ってるの⁉　私が電子レンジまで行く間に車椅子が転倒したら大変なことになるよ⁉　温めすぎて口を火傷《やけど》してそこからばい菌が入って全身に回って頭がおかしくなったり植物人間になったりしたら全部お前のせいだからね！」

「食事の介助は、ここのスタッフさんに――」

「ここの人たちは役立たずばかり。知ってる？　この間なんて殺されかけたんだから」

苛立《いらだ》ちと、ちょっとした殺意が芽生える。

罵倒されながら汚れた下着を取り替え、不味いと文句を言われながら自分が作った料理を食べさせ、『どうして、私が教えたとおりに料理しないの』と食器ごとひっくり返され、やっとの思いで家に帰ると今度は自分の家事が待っている。

家事を全部済ませると、翌朝の起床時間まで三時間を切っていた。慌ててベッドに飛び込む。

しかし母親は解放してくれず、朝の五時に電話を掛けてきて、今日は何時に来るのか、昨日結香が持ってきたごはんは最悪だった、スタッフから虐待を受けているから警察に通報する、自殺する——とまくしたてた。

電話に出ないと余計ややこしいことになるので、結香は起き上がってベッドに腰掛け、眠い目をこすりながら一時間半の間、耐えた。

ようやく話し疲れてくれた母親が電話の向こうで寝息を立て始めた時には、外はすっかり明るくなっていた。このまま仕事に行く支度をするしかない。

電話を切ると両膝に手を突いてベッドから立ち上がる。神経性のものなのか、頭痛がする。

窓の外を見ながら、呟いた。

「お母さん、お願いだから、早く死んで」

ＬＩＮＥメッセージに気付いたのは、昼休みの給湯室だった。本当は気分転換に近所で外食をしたいのだが、少しでも金を節約したい結香には躊躇われる。母親に渡すために作り置きしているおかずの余りを入れた弁当箱を電子レンジで温めている間に、メッセージをチェックする。

メッセージは速見からで、〝裏仕事〟の連絡だった。さりげなくスマホをパンツスーツのポケットに突っ込み、まだ温まり切っていない弁当を電子レンジから取り出すと、後ろに並んでいる別の職員に軽く頭を下げて足早に給湯室を出る。

弁当箱を持ったまま、結香は足早に庁舎を出た。外の駐車場に停めてある、通勤用のツーボックスカーの運転席に滑り込んでスマホを取り出す。

メッセージは、今回のスケジュールと、詳細を説明するのでいつ話が出来るか、という簡単な内容。

速見は毎回、数か月から一年ほどかけて下準備を行い、結香には実施の一か月前に詳細を連絡してくる。今回の実施は四月。市役所の会計年度が終わってからなので、有休を申請しやすい。

結香は『出来ます』とメッセージを送信し、それに続いて、今夜なら話せるので電話をくれとメッセージを送る。

しばらく運転席に座ってぼうっとしていた。今ここにはない、愛車のシルビアのエンジンの振動が全身に伝わってくるところを思い出しているうちに、気分が高揚してくる。

気が付くと昼休みに入って二十分が経《た》っていた。慌てて膝の上で弁当を広げる。


四月。

有休を取り、不在の間の母親のケアの段取りを付けた結香は、必要最小限の荷物をツーボックスカーの助手席に置き、室蘭《むろらん》に向かった。

結香が裏仕事に使うシルビアが、祝津《しゅくづ》町の整備工場に預けてある。八王子《はちおうじ》市での大学時代に走り屋をやっていた先輩から譲り受けた、シルビアPS13K's。一九九三年型の旧車だが、預けている整備工場のオーナーが無類の旧車好きで、パーツ以外は無料でメンテナンスしてくれている。

そのシルビアをピックアップに向かう結香は、ツーボックスカーで白鳥大橋《はくちょうおおはし》を渡っていた。

白鳥大橋は全長一三八〇メートル、高さ一四〇メートルの東日本最大の吊り橋で、その優雅な姿と見事な景観、夜は十二時まで風力発電で点灯されるライトアップ・イルミネーションで知られている。

橋の横から叩き付ける強風に、車が一瞬傾く。

この橋を渡る時には毎回、普段の自分を置き去りにするつもりで走る。でも今日は何故か、すっきりとしない、後ろ髪を引かれる思いがした。行くな――もう一人の自分が背後から囁きかけてくる。何かとんでもないことが起こるかもという、予感めいたものが頭の中に湧いてくる。

気にするな――頭を軽く振ってその予感を振り捨て、もうすぐ会える愛車のことを考える。

今はダークグレーに塗り直されているが、八王子で先輩が乗っていた時には白ラメの塗装が施されていたシルビア。

「峠、攻めに行くけど来る？」

大学の、学生は使用が禁止されている駐車場に堂々と停めてあったシルビアをしげしげと眺めていた時に誘われたのが、先輩の佐恵子《さえこ》、そしてシルビアとの出会いだった。

佐恵子は、ドリフト走行を得意とする女性で、走り屋専門の雑誌やウェブサイトに何度も取り上げられた、アイドル的な存在だった。佐恵子といつも一緒にいる結香にも男どもが尻尾《しっぽ》を振ってまとわりついてきたが、佐恵子はうまくあしらって追い払ってくれたものだった。

ドリフトは元々、ラリーなどで減速せずにコーナーを曲がる技術の一つで、これをピックアップして競技としてやりはじめたのが日本とされている。よって、改造技術も日本が世界トップレベルとなっている。

やがてその面白さとスリルに夢中になった結香は、生活費を削り、必死でアルバイトをして買った中古車で、自分もドリフト走行を始めた。一から教えてくれたのは、佐恵子。

そして、誘われるがまま東京近郊の走り屋スポットに通ううちに、仲間が出来た。いつものところに行くと、いつもの人たちが快く迎え入れてくれる。来るもの拒まず、去る者追わず。居酒屋やバーなどで常連客同士が馴染みになるのは、こういう感覚なのかもしれない。


結香が人生の中で一番輝いていたのが、あの頃だ。

そう考えた途端、意識がまた現実に戻る。

自分を産んでくれ、そして自分の人生を支配しようとした母親。

母親を忌み嫌い、それでもどこかで認めてほしいと思っている自分。

ケアハウスでもわがまま放題の母親。

母親の死を願いながらも、ケアハウスの支払いのために詐欺師の片棒を担いで金を稼いでいる自分。

苛立ちともどかしさがこみ上げてくる。何かをしなくてはならないのに、何をすれば良いのか、何をしたいのか、わからない。

待ってもらっている支払い。

我関せずの兄夫婦。

厄介払いが出来たと露骨に顔に出す親類。

胸の中で、何かが爆発しそうになる。

乱暴にパワーウィンドウスイッチを操作し、全てのウィンドウを下げる。

車内を吹き抜ける強風に、髪が頭皮の上で暴れ乱れた。

「何なんだよ！　どいつもこいつも‼」

大きく息を吸い、叫び散らす。

「――――‼　――――‼」

怒鳴り声なのか叫び声なのか自分でもわからない大声は、出す端《はな》から強風にかき消される。

あたしのこの気持ちも、一緒に吹き飛ばしてくれないかな――結香はそう思った。

帯広市

橘

愛想のない灰色のコンクリート壁に囲まれた階段を、速見や小山田と競うように駆け上がる。先頭が橘、続いて速見、小山田、そして近所の駐車場で三人を待っていた優希。

橘は三階に到着すると手を上げ、止まれと合図を出す。速見以下三人は階段の途中で立ち止まった。薄暗い蛍光灯の照明の下、全員の顔色が変わっているのがわかる。優希に至っては顔面蒼白《そうはく》で、よく見ると指先が少し震えていた。

翻って橘自身は落ち着いており、心臓が順調に動いてきちんと血液を全身くまなく循環させているのを実感出来る。やはり俺は現場向きなのだ、と改めて思った。

「ここにいてくれ」階段を上り切った橘が振り返り、後ろの三人に言った。「で、俺が『逃げろ』と言ったら、迷わず逃げろ」

速見から事務所の鍵を受け取ると、革靴風ウォーキングシューズを履いた足で、足音を立てないように、廊下突き当りの非常扉の手前、日下部土地開発のドアまで進む。

半身《はんみ》になり、ドアに耳を近づけた。室内からは、何の物音も聞こえない。

ゴム手袋を着けた手を、そっとノブに伸ばす。電話で優希が言ったことが確かなら室内は無人のはずだが、優希が駐車場で震えながら橘たちを待っている間に誰かが戻ってきた可能性もある。

鍵は、開いていた。スーツジャケットの内ポケットに挿している武器を抜き出す。S&W社製のミリタリー&ポリス・タクティカルペン。

四秒間かけて息を吸い、四秒間息を止め、四秒間かけて吐き出し、さらに四秒間息を止めるという呼吸を二回繰り返した。Box Breathingと呼ばれる呼吸法で、自律神経を調整することによりストレスを和らげる効果があるため、米軍が採り入れている。

左手でそっとドアノブを捻《ひね》り、内開き左勝手のドアを左肩でゆっくりと押し開く。二センチほど開けたドアの隙間から、鉄臭《くさ》い血の臭《にお》いが漏れ出てきた。人の気配はない。

事務所は大部屋で、入って奥の右側に社長席、その前にソファセット、衝立《ついたて》を隔てて左奥に執務スペース、さらにその奥に簡易台所。

橘は適度に体の力を抜くと、身を低くして勢いよくドアを開け、ソファとテーブルの間に滑り込むと、大声で衝立の反対側に怒鳴る。

「動くな！」

怒鳴ってからしばらく反応を見るが、何も聞こえない。

事務所に人の気配はなく、静まり返った中に、血の臭いだけが充満している。この臭いだと、その血はすでに固まっているようだ。

タクティカルペンを握った手を構えながら奥へと進み、流れるような動きで、ソファの反対側、執務スペースの机の下、という順番でチェックする。

奥に進むにつれて血の臭いが薄くなる。

事務所には誰もいない——少なくとも、生きた人間は。

橘は、優希が見たものが本当だったと確信した。死というものが身近にある環境で長年過ごし、自らもミッションで隣国の工作員を何人も無力化した経験のある橘には、死体が発する気配を、生きた人間のそれと同じように感じることが出来る。

社長席の裏側に回った。血の臭いが濃くなる。

優希が言った通り、社長席の奥、リノリウムの床の上に日下部の亡骸《なきがら》があった。周囲の床に大きく広がった血は乾いて茶色になっている。

全身が冷えていく感覚。死体を見るたびに覚える妙な印象が、心の中に蘇ってきた。前に見た時には動いて喋っていた人間が、二度とそれを出来ない状態になっているという、妙な印象。全く動かないということでかえって増す存在感。死体が醸し出す独特の雰囲気が、特戦群現役時代のミッションを思い出させて、表現し難い、嫌な懐かしささえ覚えた。

これを最初に見付けた優希が受けたショックを想像すると、胸が痛む。

日下部の首の右側は、半分ちぎれかかっていた。斧《おの》か鉈《なた》のようなものでやられたようだ。大笑いしているかのようにぱっくり開いたその巨大な傷以外に、目に見える限りでは損傷はない。肘のあたりまで袖がまくり上げられた腕には防御創が見受けられないので、背後からいきなりやられたのかもしれない。だとすれば、殺害した者は右利き。

「入っていいぞ」廊下に首を突き出し、ドアを押さえて階段の三人に言う。

速見、小山田、優希が事務所に入ってきた。

「心の準備をしてくれ。優希が言った通りだ」

社長席の奥に目を遣った速見と小山田が、絶句して橘を見つめた。

「おい、そんな目で俺を見るな。俺がやったわけじゃない」

「中沢さん、ドアの鍵を掛けて、奥のどこか適当なところに座っていて下さい」少しの間、額に手を当てて考え込んだ速見が言った。

優希はふらふらとした足取りで執務スペースに向かい、回転椅子にどさりと座り込む。

小山田が顔を上げて言う。「通報するのは――」

「論外」橘が遮った。「ホトケ、隠さなきゃな。ホトケが出ると、張り切るんだよ。警察は」

「ちょっと待って下さい」速見が割り込む。「現金は？」

橘がはっと顔を上げた。アドレナリンに押し流されたのか、金のことを忘れていた。老化とはこういうものなのかと歯噛みする。ミッションの一番大事なところが抜け落ちるとは。くそ。

慌てて事務所の捜索にかかった。速見と小山田も、ゴム手袋を着けると金庫やキャビネットを開けて回る。

四千万円は、アルミケースごと消えていた。

「優希」橘が声を掛ける。

椅子に腰掛け、机に突っ伏していた優希が顔を上げる。

「死体を見付けてから、何も触ったり持ち出したりしてないよな？」

優希が頷いた。

「俺らと別れてから、どう動いた？」

「日下部さんと船越さんをここの前で車から降ろして、『十九時に再集合』と言われたので、ホテルのチェックアウトをして、少し時間を潰して……」

橘が視線で続きを促す。

「十九時少し前に戻ってきました。事務所の鍵が開いていたので、入ってみたら……」吐きそうな顔になり、少し涙ぐむ。

「それで俺に電話をした」橘がスマートフォンの着信履歴の時刻を確認する。

手で口元を押さえた優希が頷いた。

「速見さん、あんたはこっちに戻って何してた？」

橘が続けて速見に訊く。三人は小山田の運転でホテルに戻り、一旦解散していた。

「部屋で電話をしていました。分け前を受け取った後の資金洗浄の根回しで」

「小山田、お前は？　俺らをホテルで降ろした後、車を停めずにどっか行ったよな」

「僕を疑ってるんですか？」

「そういうわけじゃない。一応、皆の動きを把握しておきたいんだ」

「……ばんえい十勝《とかち》」

「帯広競馬場じゃねえか……お前なあ、解散して、家に無事帰るまでがミッションだろうが」

「そういう橘さんは？」

「筋向いのサテンでコーヒー飲みながら、風俗店を探してたよ。帯広には店舗型の風俗がないのがわかった」

「ともかく」速見が優希に向き直る。「戻ってきた時、船越は？」

「いませんでした」

「あの野郎」橘がスマホを取り出して船越の番号に掛けるが、出ない。試しに速見、小山田、優希からもかけてみたが同じで、留守番電話にも切り替わらなかった。

「船越を探し出して、金を取り戻す。その前に――」言いながら橘は、床の日下部に親指を向けた。「――あれだ」

「そうですね」

速見がいつもと変わらない様子で応えた。この中では日下部と一番付き合いが長かったはずだが、感情が昂《たかぶ》ることはないのだろうか。それとも、これがベテランの詐欺師の感情抑制術なのか。

そう考えてから、橘はふと気付いた。自分自身の感情も昂っていない。日下部との関係は、特戦群時代の仲間との密な付き合いとは違い、単に互いの金儲けのために組んでいるだけだが、それでもこういう場合には心乱れるものではないのか。

小山田も、動揺してはいるものの感情的にはなっていない。

ホトケが、あるべきでない場所にあるという特殊な状況が、感情を抑える助けにでもなっているのだろうか。

「ご遺体を処分するのは難しいんです。山に埋めるのであれば、野生動物に掘り返されないように少なくとも深さ一メートルの穴を掘る必要があります。木の根はあるし、岩盤は固いので、掘るなら重機が必要になって、それを通す山道も必要です。とはいえ、すでに道がある場所だと、人に見られる可能性があります」

宙に目を遣り、続ける。橘たちに言っているのではなく、自分自身の考えを声に出してまとめているようだ。

「海に流すなら、腐敗ガスで浮かんでこないよう、ミンチ状にしなくてはいけません。髪や骨をどうするかが問題です」

「火葬場に伝手は無いのか？　三百万か四百万で、ヤバいホトケを骨が残らない高温で焼いてくれる場所があるらしいぞ」

「中国人が買収した、東京の火葬場のことですね。残念ながら北海道には、まだありません」

「何なら、ペット用の火葬場でもいい」

「伝手がありません」

「陶芸窯は？　一三〇〇℃くらいまで温度上がるぞ、あれ。窯のサイズは小さいけど、刻めば何とかなるだろう」

「そちらも伝手がありません」

「否定ばかりしやがって」さすがにむっとする。「だったら対案、出せよ」

「重機を借りたり、他の人間を巻き込んだりしない方がいい。うちうちで処理するべきです。そうなると、ご遺体を完全に始末するのは無理なので、隠して時間を稼ぐのが一番現実的です」

「死体遺棄と、『死体等不申告の罪』に――」小山田が言った。

「小山田よ、だったらお前、今からこれ担いで帯広警察署まで歩いて行け」

　小山田が黙り込んだ。

「で、どこに隠す？」

「そうですね」速見が顎に手を当てて考える。「倶知安の、日下部さんの家が良いと思います。私も合鍵を持っていますし」

　話しながら速見は、事務所の片隅に丸めて立てかけてある、大型のパターマットに手を掛けた。人工芝のマットで、寸法は三メートル×一・八メートル。この事務所から夜逃げ同然で逃げ出した前のテナントに置き去りにされたまま、埃をかぶっていたものだ。

　速見の意図を察した橘が、日下部の亡骸をまたいで歩み寄る。

「そうだな。船越がここしばらくの間、日下部の家に居候してたらしいから、家探ししなきゃと思ってたんだ。一石二鳥だ。おい小山田、これ手伝え。それから優希、こっちに来なくていいから、そっちの清掃をしておいてくれ」

「そもそも、船越って何者なんですか？」慌てて駆け寄り、橘と一緒にパターマットを肩の上に担いだ小山田が訊いた。「日下部さんが探してきた、元ヤクザってことまでは知ってるんですが」

「船越ですか。日下部さんがどこで見付けたのかは聞いていませんが、借金まみれの半端者です」速見が答える。「組の中で上に行くことが出来なくて、一発逆転を狙って鉄砲玉を買って出て服役。釈放された時には組自体が潰れていた」

「まあ、よくあるパターンだな」

「そういう、よくある不運に踊らされるタイプの人です」

「普段は、何して食ってるんだ？」

「札幌の中国マフィアの下働きをしています。雑用係ですね」

「借金抱えて、年金も払ってないだろうから、四千万を持ち逃げしたのかね」

「どんな理由があっても、人の金を横取りするのはいけません」

とても詐欺師のセリフとは思えないが、速見の顔は真剣そのものだった。

「争う音とか、隣や向かいの部屋に聞こえていませんよね」心配そうな顔で小山田が言った。

「音は漏れないはずだし、漏れたとしても、通報する奴なんていねえよ」

この建物に入っているテナントは全てアウトローで、一見まともに見えるところもあるが単に堅気の皮をかぶっているだけだ。日下部土地開発の隣は違法営業の金融屋で、向かいは違法ＳＭデリヘルの事務所兼待機室、上階の部屋は暴力団事務所で、下階は違法な薬局。建物のオーナーが、そういった層を専用に長期や短期で部屋を貸しているのだ。『何があっても所有者の管理責任は問わない』という一筆もしっかり取っているそのオーナーの方がある意味、全テナントよりワルかもしれない。

防音対策も完璧に行なわれており、まだ誰も試した者はいないが、隣のケツモチのヤクザいわく『拳銃を発砲しても隣室に聞こえないレベル』だという。

テーブルをずらしてスペースを作り、マットを広げる。そして、血だまりの、まだ乾ききっていない部分を避けながら日下部の亡骸を持ち上げると、がくんと首が傾いて新しい血が流れ出た。

「まずいな、こりゃ。日下部さん、悪く思うなよ」

そう言った橘は、椅子の背に掛けられてあった日下部の上着を首の周囲にきつく巻き、その上からガムテープを何重にも巻く。

台所の流しの下から持って来た大型のゴミ袋を二枚使って、上半身と下半身をくるむと、またその上からガムテープをきつく巻く。

荒い扱いだが、仕方ない。三人は亡骸に向かって手を合わせると、パターマットでくるくると巻いた。サイズが太いが、マットを運搬しているように見せかけられるだろうか。

「誰の車に——」

「絶対に嫌です」雑巾と洗剤スプレーを手に、机や椅子の指紋を拭き取っていた優希が声を上げた。

「だろうな。この際、しようがないからレンタカーの方にしよう。速見さん、裏の非常階段の下に持ってきてくれないか」

「レンタカーも、危ないんじゃないですか」小山田が口を挟む。

「おお、その通りだな」苛立ちに、声が低くなる。「じゃあ、俺とお前で表通りまでこれ担いでいって、タクシー捕まえるか」

「……すみません」小山田が項垂《うなだ》れた。

速見が車を回し、橘と小山田は亡骸を巻いたマットを担いで非常階段を下りた。

「橘さんと中沢さんは、清掃が終わったら倶知安で合流して下さい。事務所は予定通り、放棄します」荷室に亡骸を積み込んだフリードの助手席から速見が首を出し、声を潜めて言う。

日下部の事務所は、ホームレスの戸籍を買って背乗りをした日下部がきちんと契約をして借りているもので、警察の追跡を防ぐ安全策が何重にも取られている。

日下部に戸籍を売った身寄りのないそのホームレスは、数年前に路上で死亡し、身元不明のまま自治体によって火葬されて無縁仏となっている。

「わかったよ。早く行ってくれ」

フリードを見送った橘は踵《きびす》を返すと、非常階段を駆け上がった。

帯広市　数時間前

姜

「東洋鬼！　操你媽!!」（クソ日本人！　畜生!!）

郭銘軒が喚き、スマホを床に叩き付けようとした。姜睿が慌ててその腕を摑む。

「壊れるだろう。落ち着け」姜はスマホを取り上げると耳に当て、電話の向こうで固《かた》唾《ず》を吞《の》んでいるに違いない徐哉藍《シューザイラン》に話し掛ける。

「おれだ。銘軒が興奮してしまって、今は話せない。今どこだ？」

『道道《どうどう》316号。今渡った川が多分、士幌《しほろ》川』

言い終わったところで、スマホの送話口が何かに触れたのか、がさりと音がした。徐がスマホを持った手でスキンヘッドの頭を撫《な》でたのだろう。緊張した時の、徐の癖だ。

「警察に怪しまれてないだろうな」

『警官の誘導に従ってゆっくり通り過ぎただけだから、何も疑われなかったよ』

「わかった。市街地に戻って、車から出ないで待機しておいてくれ。方針が決まったら連絡する」

姜は通話を切ると、日下部の事務所の中を、動物園の虎のようにうろうろ歩いている郭にスマホを返す。執務スペースの隅には、結束バンドで事務机に繋《つな》がれた船越。

「……仔空がやられた。クソ日本人のせいだ」

郭の血走った目で睨まれた船越が身をすくめる。その顔にはすでに死相が浮かんでいる気がした。

先ほどの徐からの電話は、郭の仲間であり、実の弟である仔空の事故を知らせるものだった。

仔空は、船越と郭たちが日下部から奪った現金を札幌の闇送金屋に渡すべく、車で事務所を出た。その後しばらくして『つけられている』と電話を寄越したので、郭に命じられた徐が、電話で仔空に場所を訊きながら後を追った。

しかし郊外に出て間もなく、回線を繋いだままのスマホの向こうから衝突音が聞こえ、その後は沈黙となった。

ようやく仔空の車を見付けた徐が郭に報告したのは、仔空の車が農地に挟まれた道路で大破しており、警察官たちが周囲を囲い、救急車がサイレンと赤色灯を点けて走り去ったというものだった。

仔空の生死は、わからない。

「ともかく、落ち着け。今はこれからどうするかを考え――」

「てめえに何がわかる⁉」

「事故った弟の安否がわからないんだ。気持ちは察するよ。でも今は――」

「黙れ、笨蛋《ベンダン》（間抜け）。田舎で足蹴にされて育った黒孩子の気持ちなんて、お前みたいないいとこのお坊ちゃんには、想像もつかないだろうよ」

ああ、想像つかないし、想像しようとも思わないね――うんざりした顔にならないように気を付けながら、姜は心の中で返事をした。

「お前か徐が一緒に行ってれば――」

「二人で事故を起こしていただろうな。まずはここを出よう」

しつこく言いつのる郭を説得する。

「おれたちはそいつを――」さっき郭が斧で殺したばかりの日下部を指差す。「始末するために、残ったんだ。間違った判断じゃなかった」

「……」郭の荒い息が、少しずつ落ち着いてきた。

「それから、あいつも始末しなきゃならない」事務所の片隅を指差す。その先で、びくりと身体を震わせる船越。

「どうする？　おれがやろうか？」日下部の首から引き抜いた斧を手にした姜が訊ねる。

「いや、あいつは生かしておく」

「何故だ？」

「クソ日本人どもを追いかけなくちゃならないからな。いろいろ知っていることを吐き出してもらおう」

一緒に始末する方が手間にならないものを——またうんざりするが、表向きは神妙な顔で頷く。それよりも気になることがあった。

「金はどこにあると思う？　警察が持って行ったのかな」

「いや、クソ日本人がぶんどったに違いねえ。取り返すぞ」

短絡的な……事務机に縛り付けられたまま足をばたばたと動かして逃げようとする船越、その船越を睨みつける郭の後頭部を見ながら、姜は顔をしかめた。


ニュースが飛び込んできたのは、姜が札幌で手配した白いカローラで北海道横断自動車道を西に向かっている最中だった。

向かっているのは倶知安。徐も別の車で向かっており、現地で合流する手筈《てはず》になっている。船越を締め上げ、地面師たちが船越を探しに行きそうなところを聞き出し、日下部の亡骸をそのままにして事務所を出たのだった。

「ニュースが……見つかった」

助手席の郭に銃口を向けられ、後部座席ですすり泣きながらスマホを使ってニュースを検索し続けていた船越が、蚊の鳴くような声で言った。

「説明しろ」

拷問で小指と薬指が折られた左手をかばいながら、たどたどしい中国語でニュースを翻訳する。

「本日十八時頃……道道316号上士幌音更《おとふけ》線で車の事故があって……運転していた男性は……ええと、病院で死亡が確認――」

郭が意味をなさない喚き声を上げ、船越が首をすくめる。

「落ち着け。続けろ。じれったいからアプリを使え」

郭がスマホの音声翻訳アプリを立ち上げ、後部座席に身を乗り出して船越の口元に向ける。

「車の中から……」

歯を何本もたたき折られている船越の口調がもぐもぐしているので、翻訳アプリが頓珍漢な訳を並べ立てるが、整理すると、車の中から拳銃が見付かっており、警察は何らかの事件に関係する可能性があるとみて捜査を始めたようだ。

「金のことは？」

「書いてない」

「クソが！」

郭の大声に、船越が黙り込んだ。

「船越、全部お前が原因だ！」郭が怒鳴る。「詐欺師のチームに協力するふりをして日下部と一緒に金をぶんどって、その日下部を出し抜いて横取りしようとするクソ野郎のお前がな！」

その手伝いのために上海から呼ばれ、船越も殺して全額奪おうとしているおれたちの方が、よほど欲深いクソ野郎なのかもしれないな――慣れない右ハンドルの運転席で、ハイビームが照らし出す路面に目を凝らしながら、姜はふと思った。

倶知安町

橘

「橘さんは、速見さんと何かあったんですか？」

帯広市を出てだいぶ経ったころ、不意に優希が訊ねた。

優希が運転するシルビアは夜の道路をひた走っており、その助手席に橘が収まっている。

「何でだ？」

真っ暗な窓外から、優希に目を向ける。

「言葉で説明できないんですが、橘さんがちょっと変な気の遣い方をしている気がして。年上だからかとも思ったんですけど」

こいつはハンドルを握ると雰囲気が変わるな――普段の内気なものとは違う、凛《りん》とした横顔を見ながら橘は改めて思った。今の優希は、日下部の事務所にいた時よりもはるかに落ち着いた様子だった。

シルビアも、意思疎通が出来ているかのように、優希の動きに正確な反応を見せている。エンジン音が、撫でられたネコ科の猛獣が気持ちよさそうに目を閉じ、喉を鳴らしているように聞こえた。

「……いろいろ因縁があってな」

「お訊きしていいですか？」

「お前が知らなきゃいけないことなのか？」

「そういうわけでもないですが、道がまっすぐなので、話でもしていないと退屈で」

そういえばさっきから優希は、細かくギアチェンジをしたり、他の車を追い越すタイミングやハンドルさばきを変えたり、退屈を紛らわしている様子だ。しかし、たとえ運転で遊んでいるにしても、その動きには無駄がなく、流れるようなスムーズな動作は、武術の達人の技を思い起こさせる。

「金を借りたんだ。千八百万円。それを返済中」

優希の眉が上がる。

「陸自をクビになった後、会社を立ち上げようと思ってな――」

仲間とはいえ、普段は自分の過去をべらべら話すことはないが、今日はどういう風の吹き回しだろうと疑問に思いながら、橘は語り始めた。

「――ボディガード派遣の会社だ。まずは自分が訓練を受けなきゃならないんだが、俺には資金がなかったから、そこから金集めをしなきゃならなかった」

「自衛隊の退職金は……あ、そうでしたね」

じろりと睨んだ橘に、肩を竦《すく》める優希。

「で、銀行も助成金も無理で途方に暮れてた時に、不動産屋が紹介してくれたのが速見だ。その不動産屋が速見の正体を知ってたかどうかは、わからん」

目を再びウィンドウの外に向け、夜の闇の中を後ろへと流れていく木々を見つめる。

そういえばこのあたりにあるリゾート施設も、中国資本に土地ごと買われていたな、とふと思い出した。

「で、速見に金を借りて、海外でボディガード専門の訓練機関に三百万円払ってスキルと知識を身に付けた」

「そんなにかかるんですか」優希の声が大きくなる。

「残りの千五百万を運転資金にして、会社を回そうとした。でも、元公務員の甘いところで、態勢さえ整えて待機していれば、仕事が自動的に入ってくると思っていた。仕事は待つものではなく創り出すものだという発想が全くなかった。しかも、これも公務員の悪いところだけど、広告活動を軽く見ていた。会社がでかくなるまでは事業所なんて自宅にしておいて、借りた資金をまずは広告と営業活動に回すべきだった」

俺の人生も失敗だらけで、船越のことを笑えないなと心の中で自嘲した。

「結局、運転資金も底をついて、会社は閉めた。残ったのは速見への返済義務だけ。

そこで、正体を初めて明かした速見から提案があった。自分の仕事を手伝わないか、荒事に慣れている人が今のチームにいないのでってな。単発仕事で、ギャラを元金返済に充当する。利息分の返済額が安くなるので、悪い話ではないと思いますとか何とか言って」

今から考えると、速見は最初から橋を地面師チームのボディガードや戦闘要員として巻き込むために、融資を持ちかけてきたのかもしれない。

「借りた千八百万円の年利は十五パーセント。月の支払いは三八万円で、返済総年数は六年。支払総額がだいたい二七四〇万、うち利息分が九四〇万。だったら、速見の提案に乗るか、と思ったんだよ」

「それでこの仕事を始めたんですね。返済年数が短くなっていいじゃないですか。それより……」

優希が言い淀《よど》んだが、続きは想像が付いた。

「みなまで言うな。『金を持ち逃げしても、後ろ暗いところのある速見は追ってこないんじゃないか』だろ?」

「はい……あたしが言うのも何ですけど」

「ついでに『速見をぶっ殺せば全部チャラ』だろ?」

「そこまでは——」

「あいつ、保険を掛けてやがるんだよ」

「保険？」

「俺が手伝った地面師の仕事の証拠、つまり現場の音声データや、隠し撮りをした動画データ、その他諸々をクラウドにアップしてやがって、返済が滞ったら、それか速見の身に何かあったら、データが各都道府県警察とマスコミ各社といろんなＳＮＳにばら撒かれる仕組みになっている。俺に、逃げるっていう選択肢はないんだよ。速見と行動を共にしつつ、しかも守らなきゃならない」

「それって単に――」

「ハッタリじゃないか、だろ？　まだ速見をよく知らないからだよ。経産局の、事業復活支援金の一件、覚えてるか？」

　優希が頷いた。事業復活支援金とは新型コロナの影響によって売り上げが減少した事業者などに給付する支援金のことで、そのうち数百万円を北海道経済産業局の管理職の男が着服したことが公となり逮捕された。間を置かず、男の私生活――高級マンションに住み、愛人を囲い、高級外車を乗り回し、頻繁にススキノの高級クラブや会員制の違法風俗店へ通うという優雅なもの――がマスコミやネット中に証拠画像や動画と共に流れ出した。結果、経産局の局長だけでなく経済産業大臣までが国民に陳謝する事態となり、逮捕された当人は留置場で自殺したという、救いのない事件だ。

「あれ、速見から借りた金を踏み倒そうとして報復されたんだよ」

優希は何も言わなかったが、ハンドルを握る手に力がこもるのがわかる。

「会ったことはないけど、今それに一番近い状態の奴が小樽《おたる》にいる。ベテランのスリ師で、かなりヤバいところまできてるらしい」

「だったら、あたしがここでやってることも――」

「何かしら、記録を取ってるだろうな」

「速見さんは、そんなこと一言も言ってませんでしたよ」

「俺が、今言ってる。もしかしたら、俺がこうしてお前に話すって流れに、速見が持っていってるのかもな。やりそうだよ、そういうこと」

優希の表情が一瞬、ぴりっと引き攣《つ》った。そして、何かを諦めたような顔になる。

「お前、離脱を考えてたろ」

優希が黙って頷く。

「……正直に言うと、そうです」

「だよな。俺も抜けたいよ」溜息を吐いた。これからもずっと速見に手綱を握られ、その速見を守りながら暮らすのかと考えると、自分の人生を生きていないような気がして憂鬱になる。

「こっちが速見さんの弱みを握るというのはどうですか？」

「それ、俺も前に考えたことがある。泥沼になるかもしれないけど、やってみる価値はあるんじゃないかってな。結局駄目だった。隙がないんだよ、あいつ」

「速見さんに何かあれば、あたしたちはおしまいってことですか……」

「一つ、確実に逃げ切れる道があるっちゃある」

「何ですか？　それ」

「こっちが死ぬことだよ」

しばらくの間、沈黙が降りた。

妄想が広がる。大熊の家を出る時に、小山田の発言がきっかけで生まれたその妄想は、橋の中で具体化してきていた。

自分は死んだことにして、物価の安い国に移住する。向こうで新しい身分を買い、ボディガードや護身術のインストラクターをやって、ひっそりと生活していく――。

「さっき、ボディガードの訓練に三百万円支払ったっておっしゃいましたけど、どんな訓練だったんですか？」

優希が不意に訊ねる。話題を変えたいのだろう。

「最低限身に付けなきゃならないスキルが六つある。主にそれの訓練だよ。徒歩のエスコート技術。特殊運転技術。盗聴器その他電子機器に関する知識とそれらを探し出して処理する技術。爆発物や起爆装置、爆薬の種類に関する知識と、これらを探し出す技術。パパラッチやストーカーみたいな、間接的な脅威から直接的な脅威まで、あらゆるものに対処するための技術、つまり格闘術や射撃訓練だな。それから救急法」

「大変ですね」

優希が目を丸くした。

「とはいえ、元特戦群だからその時のノウハウを活かすことも出来た。ま、訓練に来ていたのは、ほとんどがそういう経歴の奴らだよ」

「だったら、新しい訓練はそんなに必要ないんじゃないですか？」

「現場的な技法はいくつか重なっていても、応用法が違う。そもそも、基になる考え方が違うんだよ。映画やドラマではボディガードは戦ってばかりいるけど、本当はいかに戦わない状況に持っていくかが仕事なんだ。戦いになった時点で、そのボディガードは失格だ」

優希が感心したように頷く。

「あと、警護対象者の身体や生命だけじゃなくて、ライフスタイルを守るのも仕事のうちなんだ」

「ライフスタイル？」

「例えば、警護しているセレブが旅行先でＳＮＳに写真をアップする。すると世界中に、居場所がバレる。普通に考えると、そのセレブからスマホを取り上げて外部との通信を遮断するんだけど、それはご法度なんだ。普段その人がＳＮＳを使っているのなら、いつも通り使わせる。世界中に居場所が知られている状況下で、どう警護するかプランを立てる。ボディガードは、そういうことだ」

その時、橘のスマホが振動した。ディスプレイを見ると、速見の電話番号。

『今、どのあたりですか？』電話に出た途端、速見が訊く。

「北広島《きたひろしま》を通り過ぎるところだ」

『速いですね、やっぱり。我々は先ほど倶知安に着きました。これから私と小山田さんとで日下部さんの家を捜索して、ご遺体を置いてから捜査攪乱《かくらん》の細工をします』

「俺らは合流しなくていいのか？」

『人数が多いと目立つので。家には近付かないで下さい。代わりに、日下部さんの行きつけのスナックがあるので、覗いてみて下さい。お店の人や常連さんから船越のことを聞けるかもしれない。二か月くらい倶知安にいたそうですから』

「わかった。スナックにアベックで行くのも何だから、優希は先にホテルでチェックインしておいてもらう」

『配置はお任せします。倶知安駅の斜め前のいつものビジネスホテルに、私たちは部屋を取りましたが』

「じゃ、俺らもそこ取るわ」

　スナックの店名を聞いて、電話を切る。

「橘さん、細かいことは言いたくないんですけど、『アベック』じゃなくて『カップル』って言いませんか？　普通」

「うるせえ。何がいけないんだよ」

「英語があんなにペラペラなのに、なんでわざわざフランス語の『アベック』を使うんですか？」

「言語の問題じゃねえ。世代の問題だ。オッサン同士だと、そっちがしっくりくるんだよ」

　優希をひと睨みした橘は、スマホでスナックの場所を検索し始める。

「もしかして、デートのことも『ランデブー』とか言います？」

「だから、うるせえって。黙って運転してろ」

　優希にちらりと目を遣る。表情に余裕が出てきた。良い兆候だ。


　夜の倶知安にひっそりと佇《たたず》む街並み。その中をシルビアがゆっくりと走る。

　交差点に差し掛かるたびに、道路越しに羊蹄山《ようていざん》のシルエットがうっすらと見えた。

　相変わらず羊蹄山は格好いいな——駅前通りでシルビアを降りながら、橘は思った。

『蝦夷富士《えぞふじ》』とも称されるその姿を見るたびに、興奮でぞくぞくする。

走り去るシルビアを見送り、刺すように冷たい風に逆らって歩く。二ブロック進み、小さな交差点を曲がってすぐのところに、蛍光灯式の置き看板があった。『楓《かえで》』の一文字。日下部行きつけの店だ。

低層ビルの路面店で、中の様子や広さは外から全く見当がつかない。何しろ北海道の建物は冬に備えたガードが厳重なのだ。

防寒対策が施されたオーク材の厚いドアを開け、店内の様子を窺《うかが》う。

スナックというのでカウンターにテーブル数卓くらいの店をイメージしていたが、かなり広い。ちょっとしたキャバクラやラウンジ並みの坪数で、二面の壁沿いに設《しつら》えられたカウンターの天板も広く、十数脚並べられたスツールの互いの感覚も広い。客が八人は座れるボックス席が三席、壁に設えられた、立派なカラオケ用ステージ。壁や柱には暗い鏡張りで、天井にはシャンデリアを模した照明。

防犯カメラは、入り口にも店内にも備え付けられていないようだった。

客の姿は見えない。

「すみません」

店の中に声を掛けながら、少し肩を落とし、背を丸め気味にして奥へと歩を進める。

こうしておかないと、初対面の人間は橘の上背と肩幅に圧迫感を覚えるのだ。

カウンターの入口側の端に掛けられたカーテンの奥にある、調理スペースと思《おぼ》しい空間に人の気配がした。

「はい」という声と共に、店のママらしい女性が顔を出す。一瞬、橘を客とは思わなかったのか、何でしょうかと言いたげな顔で橘を見つめる。

「一人なんですが、どこでも座っていいですか？」

橘が問うと、はっとした顔になったママが「はい、お好きな席へどうぞ」と手のひらで奥を指し示す。

店の奥、入口に背を向けるかたちになるカウンター席を選んだ。普段は入口が見える席を選ぶのだが、正面の酒棚の上が、やや下向きの鏡張りになっているので、首を捻ることなく真後ろを見張れる。

バースツールに腰を掛け、広いカウンターを見て感心した。縁が丸く加工され、凝った意匠の銅板が貼られた天板は、バーカウンターというよりは英国のパブカウンターのようだ。

じきに突き出しを持って、橘の前にママがやってきた。年の頃は三十代半ばか後半に差し掛かったあたり。背が高く、ややきつめの美人だが、笑うと何とも言えない愛嬌《あいきょう》がある。

「ひと段落ついたので、ストーブ消しちゃったんです。今、点けますね」

ママはそう言うと壁に取り付けられた業務用エアコンのスイッチを入れる。北海道では、電気式であろうが暖房器具は押しなべて『ストーブ』と呼ばれることが多い。

「閉めるところだったのか。申し訳ないね。そんなに長居しないから」

「いえ、どうぞごゆっくり」

店の料金システムを説明してもらい、ウイスキーのソーダ割りを注文する。

「よかったら、ママも好きなのを飲んでよ」

「有難うございます。じゃ、ワインをいただきます」

ウイスキーソーダと赤のハウスワインで乾杯し、突き出しの牛肉トマト煮と根菜蒸しを交互につまみながら、雑談をする。

橘が最初に抱いた印象の通り、この店はもともとラウンジで、最盛期には女性が九人在籍していたという。

「店名は、ママの名前?」

「いえ、そうじゃないんです。ここを始めた、前のママの名前でもないです」

「先を越されたな」苦笑する。「じゃあ、なんで『楓』なの?」

「前のママが、『木へん』の植物の名前が好きで」

「そりゃ、風流だな。ママの名前、訊いてもいいかな?」

「三奈《みな》と申します」カウンターの下から取り出した名刺を差し出す。「よろしくお願いします」

　橘は、飲み屋で使ういくつかの偽名の一つを名乗った。「ごめん、名刺は持ってきてないんだ」

　雑談を続けながら、仕事は不動産関係とだけ伝え、この店は日下部から教えてもらったと嘘をつく。

「日下部さんのご紹介でしたか。日下部さんもこの後、お見えになるんですか？」

「いや……来ないと思う」少なくとも嘘は吐いていない。「そういえば最近、札幌かどこかから日下部さんちに居候が転がり込んでるって聞いたけど、その人と一緒に来たりする？」

「居候ですか？」三奈が小首をかしげる。「いえ、お見えになったことはないと思います」

　その後もさりげなく日下部の最近の様子を訊ねてはみたが、芳しい情報は得られなかった。日下部も用心深い人間だったので、あまり酒の席で際どい話はせず、最近のニュースや街の人間の動向、ゴルフなどスポーツの話しかしていなかったようだ。そして、船越と一緒にいるところも人に見せないようにしていたと考えられる。

　収穫はなかったので、あと三十分ほどで切り上げ、優希と合流しよう、そう思ってウイスキーソーダのおかわりを頼んだ時、斜め上の鏡の中でドアが開くのが見え、店内の空気が少し揺らいだ。

ドアを開けて無言で入ってきたのは、白い長袖シャツに薄手のダウンベストを着た、二十代後半か三十歳くらいの男だった。髪質が固いようで、怒って毛を逆立てたヤマアラシのように髪が全方向に伸びている。

「いらっしゃいませ」

見覚えがないのだろう、少し緊張している三奈の声。

日本人じゃないな、と思った。鏡の中のその男の足の運び、橋の背中を見る目、言葉で説明できない小さないくつもの要素が組み合わさり、中国人の印象を受ける。かつて特戦群の訓練や実地のミッションで研ぎ澄ましたこの勘は、滅多に外れることがない。

男はためらうことなく、こちらに歩いてくる。もめた時に座っていると不利なので、橘はスツールを半回転させると男に向かい、ゆっくりと立ち上がった。

その時、男が何も言わないまま腰の後ろから拳銃を抜き出し、橘に向けた。

三奈が、しゃっくりのように息を吞む。

橘は、全身が少し温まり、頭の芯は冷え切っている、特戦群の現場の感覚を再び味わっていた。

男が握っているのは、S&W　M22A-1。橘がかつて慣れ親しんだH&K　US

Pとは違い、護身用に適した22口径の拳銃。

「――」

男が橘の目をじっと見つめながら中国語訛りで呼び掛けたのは、今日アスター・ベイ社を相手にした仕事で橘が使っていた名前だった。

まさか、アスター・ベイが詐欺に気付いて――ふと浮かんだその考えを、橘は打ち消した。こんなに早く相手方が詐欺に気付くわけがないし、報復するにしても銃を持った中国語訛りのチンピラを寄越すわけがない。

男が橘の顔に向けたままの銃口を、『こっちに来い』とばかりに、かすかに振る。橘は頭の横に両手を上げたまま大人しく従い、男の目の前に立った。男が見上げるように、橘の鼻先に銃口を突き付ける。すぐに撃たないということは、目的は橘の殺害ではない。

どうしていいか分からず、カウンターの内側で中腰になって固唾を呑んでいる三奈のことが気になった。外に駆け出して警察に通報でもされると、この男ごと逮捕されてしまう。

「カウンターの中でしゃがんでいろ」視線は男から外さず、三奈に指示をする。

「おれと一緒に、店を出ろ」男が普通話で言った。

橘はその言葉が理解できないふりをし、視線をカウンターの奥に素早く走らせる。

こういった場合、襲う側は相手の視線の動きに過敏になる。案の定、男は反応し、反射的にカウンターの方に顔を向けた。

その瞬間、橘は身体を右に捻り、左の前腕を使って、銃を握った男の右手を内側に払った。次の瞬間に左手で男の右手首を握り、右手でスライドを握り込む。その流れで男の右前腕に動かした左手と、拳銃を上から握り込んだ右手を梃子《てこ》のように使い、銃口が男の顔面を向くように捻る。

驚愕《きょうがく》と痛みに引き攣る男の顔と、漏れ出る呻《うめ》き声。

橘は動きを止めず、男から見て右側に捻り続けた銃をむしり取り、スライドを少し引いて初弾が装塡《そうてん》されていることを確認する。銃を顔に引き付け、スライドが顔に当たらない距離で横向きに構え、そしてグリップを握る右手の手首で右目の視界を塞ぐ。左目の視線、リアサイト、フロントサイトが一直線になるため、見えているものイコール照準の合った標的という状態になる、CARシステムの『エクステンデッド』。

フロントサイトの先の男の姿がふっと消えたかと思うと、腹部に衝撃。身体を低くした男が捨て身の体当たりをしてきたのだ。

目の前の柱に貼られた鏡の中、男が橘の腰に組み付いたまま、ダウンベストのポケットから飛び出しナイフを取り出すのが見えた。

抜きながら男が刃を飛び出させる。

この姿勢だと、男の腕の動きを制することが出来ない。無闇に発砲するわけにもいかないので、拳銃を投げ捨てると大きく一歩下がる。つい一瞬前まで橘の腹部があった場所で、ナイフの刃先が空を切った。三奈の悲鳴。

三奈には気の毒だが、警察に通報させるわけにはいかないし、店を出られてもいけない。橘は手近なボックス席の背もたれのクッションを摑み取ると胸の前に構えた。

男はボクサーのような鋭い息を吐きながら、ナイフでスラッシングや突きを繰り出してくる。対ナイフの防御では、訓練を積んでいない者はどうしても後ずさりしてしまう。しかし勝つための鉄則はどんどん相手に詰め寄っていくというもので、それにより相手の動きがどんどん小さくなる。

橘は両手で握ったクッションで相手の攻撃を払いのけながら、時折それで思い切り押してよろけさせたり、ナイフを握った腕を上から叩いたりしながら、男を柱の方に追い詰めていく。また小さな悲鳴を上げた三奈が、カウンターのさらに奥へと走って逃げていった。

男が気合と共に突き出したナイフが、クッションに刃元まで突き刺さった。クッションを車のハンドルのように勢いよく右回転させると、ナイフのグリップが男の手の中で回転し、手から離れる。

今度は素手で殴りかかってこようとした男の拳を右手で受け、左手を肘の裏側に当て持ち上げるように捻り上げる。男の悲鳴。軸足になっている男の右ふくらはぎを前に向けて蹴ると、男は橘に右腕を制圧されたまま、左を下にして床に倒れた。

「手間掛けやがって」

橘は男の右腕を捻り上げたまま、どうしようかと考えた。自分の、地面師としての名前を知っているこの男をうかつに警察に突き出すとまずい。

カウンターの奥で、三奈が動く気配がした。振り向くと、震える手でスマホのロックを解除している。

「ちょっと待て！　まだ通報するな！」

男を連れ出して、どこか人目に付かないところで締め上げるか——三奈に何か縛るものをもらって、優希に迎えに来てもらえれば——。

三奈に目を戻すと、スマホを耳に当てている。もう一一〇番したようだ。

慌てたので右手の力が抜けた。ばたばたと床で暴れていた男が橘の足元から抜け出し、拳銃を拾い上げるとドアに駆け出す。

追いかけたいが、その前にやることがある。パニック状態で電話の向こうに話し続ける三奈の声を聞きながら、橘はズボンのポケットから出した手袋を着けるとナイフを回収した。自分の指紋が付いたグラスの中身を床に空け、使った割り箸と一緒に上着のポケットに突っ込む。

最後に店のおしぼりを取り上げるとドアを出て、自分の指紋の付いたノブをしっかりと拭く。

走って逃げながら周囲を見渡したが、男の姿はどこにもなかった。

倶知安町／ニセコ町

優希

スナックに向かう橋を降ろした優希は駅の方から回り込み、速見たちが倶知安の定宿にしているビジネスホテルに向かう。

橋がトバシのスマホの番号と捨てアドで予約を入れたそのホテルは、倶知安駅から目と鼻の先だった。裏にある専用駐車場にシルビアを滑り込ませる。駐車場側にも小さなドアがあり、そこからも館内に入れるようになっている。バックパックを背負い直した優希は、そのドアをくぐった。

モップなどの掃除道具が立てかけられた細い廊下を進むと、テーブルとソファ席が設えられた場所に出た。コーヒーマシンやお湯、菓子類がカウンターに並べられており、商談なども行える共有スペースのようだった。

チェックインカウンターは一つしかなく、明日あたりから近所で工事でも始まるのか、まだ汚れのない作業着を着た作業員が数人、列を作っていた。

長時間の運転にさすがに疲れを覚えた優希は、あの列がなくなるまで共有スペースでコーヒーでも飲んでいようと思い、バックパックを置いてコーヒーマシンの使い方が書かれたボードを読む。

その時、駐車場に続くドアが乱暴に開く音が聞こえ、直後に冷たい風が吹き込んできた。その中を大股で歩く足音。

優希の背後を走るように通り過ぎたのは、Pコートを着た身長一七〇センチほどの男性で、髪型はフェードスタイルの刈り上げ。

何となく気になったので、コーヒーは後回しにして少し後を追ってみる。男はチェックイン待ちの列など目に入らないかのようにずかずかとカウンターに歩み寄り、フロントマンと話をしている宿泊客を押しのけるように、外国語で何ごとかをまくしたてる。よくわからないが、中国語のように思えた。

押しのけられた宿泊客や、列に並ぶ作業員たちは眉をひそめるものの文句を言うわけでもなく、少し我慢すれば終わるんだからと自分に言い聞かせているような表情をしている。

いろいろ対照的だなと思いながらその様子を眺めていた優希は、はっと身体をこわばらせた。

「――！　――！」

男が連呼しているのは、今日の地面師の仕事で優希が使った名前だった。何故あたしの偽名を？　もしかして、あたしを探してる？

言葉が通じないことに業を煮やしたらしいその男はスマホを取り出すと何かのアプリを立ち上げ、スピーカーに向かって何ごとか言うと画面をタップする。翻訳アプリだろう。

「申し訳ございません、ご宿泊者様に関することはお答えできませんので……」

丁寧に応えるフロントマンの言葉を翻訳にかけた男が、恫喝《どうかつ》するような口調でまくしたてる。

列の作業員たちが「警察に通報した方がいいんじゃないか」などとざわつきだした。

優希はそっとバックパックを背負うと、足音を立てないように駐車場に向かう。

何やら、猛烈に嫌な予感があった。

疲れなど一気に吹き飛んでしまっている。シルビアの運転席に収まり、エンジンを掛けた時、先ほどの男が頭から湯気を立てそうな憤怒の表情で出てきた。

つい見てしまい、男と目が合う。

男が反応した。引き攣った形相でこちらに駆けてくる。その右手が懐に入るのを見た優希は急いでシルビアを出す。

伸ばした男の左手が、トランクリッドをかすめる。視線を左右に走らせ、歩行者や他の車が来ないことを確認すると、車道に滑り出た。

後ろを気にしながら、一丁目方面に向かう。信号のある交差点はだいぶ先だが一時停止が多く、しかもすぐ近くに倶知安警察署があるので、交通法規を破ることができない。

やがてバックミラーの中に、乱暴な運転で尻を振るように車道に飛び出した白いカローラが見えた。

緊張で、胸の中に何か固いものがせり上がってきた感覚を覚える。走り屋時代、たまに『潰し』が来ることがあった。ヤクザや暴走族など、暴力志向の強い連中が徒党を組んで走り屋を襲撃し、鉄パイプや金属バットで車をボコボコにする。時にはドライバーへの暴行や、金品の強奪まで行われることもある。優希も何度か襲撃されかけて逃げたことがあるが、その時と似たような緊張感。

交差点の信号が、ちょうど青になった。優希はアクセルを踏み込むと、周囲に車がないことを幸いに無駄のないアウトインアウトで右折する。

カローラも、ややふらつきながら追って来る。見ると車線のだいぶ左側に寄った運転をしている。普段、左ハンドル車に乗っている人によく見られる走り方だ。車線の中で自分のいる位置をどうしても左側に持っていきたくなる。

このままいくと、次の信号で引っかかりそうだ。赤信号で停止したら、何をされるかわからない。スピードを調整してタイミングをずらすことにする。それから、追い越されて目の前で停められても厄介なので、小刻みにスピードを変えたり、車線変更をしたり、あらゆる嫌がらせを駆使してカローラが並ぼうとするのを妨害する。運転席の男が苛立っているのが手に取るようにわかった。

青信号を通り越し、比羅夫《ひらふ》方面に向かう。左に羊蹄山のシルエットが浮き上がっているのが見えた。そのおかげで、自分がどこに向かっているのか分かる。

市街地から離れたのでスピードを上げる。国道5号を南下するにつれて交差点と交差点との距離がどんどん長くなっていき、やがて交差点すらない直線道路となった。

途中で適当に右折し、樺山《かばやま》方面に向かう。この辺りに来ると街灯もなくなり、森と森の間に民家が点在する真っ暗な道路となる。

カローラとの距離は、一〇〇メートル以上。ヘッドライトがミラーの中に見え隠れしていた。慌てて右折し、追って来ている。

函館《はこだて》本線に向かうにつれて道幅はどんどん狭くなり、森を縫ってうねうねと続く寂しい道となる。赤白のスノーポールが、時折ヘッドライトに照らされては後ろに飛び去る。

このまま尻別川《しりべつがわ》を越えると、ロッジやコテージがちらほら見え始める。つまり、人目に付く危険が高くなる。勝負をかけるのは、この辺りだ。

車がすれ違うのも難しい道幅。

優希はヘッドライトをハイビームにして脇道を探す。

カローラの男もここで追いつこうと考えたようで、スピードを上げて追いすがってきた。優希もアクセルを踏み込む。

格好の脇道を見付けた。運転席側のウィンドウを全開にし、脇道との距離を瞬時に目測で読み取ると、ヘッドライトを消した。面食らったカローラが背後で急ブレーキを踏む音。

チャンスは一回だけ。それも、一瞬で姿を消さなくてはならない。
3、2、1――と頭の中でカウントダウンをして、脇道のコーナーに入る直前にギアを下げる。二速まで下げたら一瞬だけブレーキを踏み、少しだけハンドルを切る。
車がつんのめるような態勢になったところで、足をアクセルに戻して踏み込む。

エンジンが低回転となったことで、力が入った後輪が車全体を強く押し出しながら滑り始める。

あとはアクセルとハンドルの細かいコントロールで、コーナーを曲がった先の道に車の鼻先がまっすぐ向くように調節する。

『やることは大胆に、動きは丁寧に』

佐恵子から教わった、ドリフトの極意。

夜なので、大胆に動けた。優希にとっては、昼間は視覚情報が多く、事故の可能性をより具体的に想像してしまうので身がすくんでしまう。夜であれば、ヘッドライトに照らし出されるものしか見えないので、逆に大胆になれる。決して無謀になるわけではなく、嗅覚や聴覚、そして何より車を通して、周辺の状況は完全に把握している。

草の匂い、排気ガスの臭い、ゴムが焼ける臭い、それらが混然となってウィンドウから押し入る。そして尻の下で車がきっちりと滑っている感触、手のひらで滑りながらハンドルが戻る感触。

うまくいった。五感がそう伝えてくる。

さっきまでシルビアがいた道を、スピードを上げたカローラのヘッドライトが通り過ぎていった。

カーナビは付けていないのでスマホの地図アプリを立ち上げて確認したところ、その先しばらくはUターンや三点方向転換が可能な場所がなさそうだ。

優希が入り込んだ未舗装の脇道は、先がどうなっているのか地図に出ていないので、ヘッドライトを消したままゆっくりとバックで道路まで戻り、来た道を逆にたどり始めた。

国道5号をそのまま戻るのは危険だと思ったが、この道を避けると大回りになるので、仕方なく5号をひた走る。

あと少しで市街地に戻るという時に、スマホが振動した。ディスプレイには、橘の番号。

『お前、今どこにいる?』

通話をタップした途端、橘が訊ねてきた。

「いろいろありまして、ニセコ方面に行っていました。あと十分くらいで倶知安市街に戻ります」

『ニセコ? 何やってたんだ?』

「会った時に説明します。今、例のスナックですか?」

『いや、こっちもいろいろあってな。六郷鉄道《ろくごうてつどう》記念公園でピックアップしてくれ』

「何でそんなところにいるんですか?」

『会った時に説明するよ。あと、一丁目と二丁目あたりは警察がうようよいるから避けろ。検問も始まると思うから、大きな通りは使うな』

「何があったんですか?」にじみ出てきた手汗を、パンツの横で拭く。

『だからあとで話すって。公園に着いたら電話くれ』

通話が切れた。

遠くに警察車両のサイレンの音が聞こえた。念には念を入れ、砂利《じゃり》川《がわ》の方から回り込んで六郷鉄道記念公園に向かう。

すっかり冷え込んだ夜中の空気の中、公園の脇にシルビアを停めた優希は、橘に電話を掛け、到着を知らせた。

六郷鉄道記念公園は、一九八六年に廃線となった胆振《いぶり》線の六郷駅跡地に作られた公園で、車掌車ヨ７９１３と、客車オハフ４６—５０１が置かれている。かつては誰でも内部に入ることができたのだが現在では車両への立ち入りは禁止されており、見学者は窓の外から写真を撮るのみとなっている。老朽化する貴重な鉄道文化財を守るための、やむを得ない措置だ。

その客車の窓が中からガタガタと開けられ、橘が猫のような身軽な動作で外に滑り出ると地面に飛び降りた。

「やっと来たか」シルビアに駆け寄り、ドアを開けて助手席に滑り込む。「重いな、このドア」

「こんなもんですよ。旧車ですから」

橘は文句を言いながらも、暖房の利いた車内にほっとした表情を見せる。古い客車の中で長時間過ごしたせいか、埃や古い油脂の臭いを漂わせている。

「変わった待ち合わせ場所ですね。橘さんって『鉄ちゃん』なんですか？」

「違うよ。他に隠れる場所がなかったんだ。あっという間にそこら中、警官だらけになったからな」

「そういえば、何があったんですか？」

「まず、車出せ。職質されるとまずい」

優希はウインカーを出すと、シルビアを出した。

市街地を避けて、取り敢えず郊外へ向かう。

「検問が始まってるかもしれないから、国道で町境を越えるのはやめよう」

ヌップリ寒別川《かんべつがわ》を越えたところで国道２７６号から逸《そ》れ、無灯火の状態で細い農道を通って京極《きょうごく》町に入った。適当なところで国道に戻り、ヘッドライトを点灯する。

「危なかった」

身体を捻ってリアウィンドウの向こうを凝視していた橘が言った。

「町境のあたり、パトカーの赤色灯が見える。今は一台しかないけど、すぐに他の署から応援が駆け付けるだろうな」

農地の広がるだだっ広い土地。羊蹄山のシルエットを、今度は右に見ながら走り続ける。

「で、何があったかだけどな」橘が助手席に座り直した。「日下部の馴染みのスナックに行ったんだけど収穫が無くて、帰ろうと思っていたところで中国人に襲われた」

「中国人……ですか」胸騒ぎがし、顔が引きつるのを感じる。

「どうしたんだ？」

「車、停めます」

優希は国道を外れて農道に入っていくと、農業機械置場と思しい小屋の裏にシルビアを停め、ヘッドライトを消した。

暖房は点けたまま、暗い車内で会話をする。

「で、何だよ？」

「あたしも、追われました。中国人だと思います。ニセコ近くで撒いてきましたが」

優希と橘は、互いに何があったか情報交換をする。

「どんな奴だった？」

「はっきりとは見ませんでしたけど、Ｐコートを着て、髪を刈り上げた三十歳くらいの男でした」

「俺の方はダウンベストを着た、ヤマアラシみたいな髪の奴だ」

「もしかして、日下部さんを殺したのは……」

「可能性はあるが、安易に断定しない方がいい……ま、他に考えられないけど。嫌なことを思い出させてすまんが、デカい刃物で首を切るなんて殺し方は、日本人はやらない」

日下部の亡骸を思い出し、再び吐き気を覚えた。

「速見も小山田も、電話に出ねえ。日下部の家の正確な場所は聞いてねえ。取り敢えず待機するしかないな」

「一旦撤退しませんか?」

「そうできりゃいいんだけどな。さっき言ったろ、速見は〝保険〟を掛けてやがる」

「橘さんはそうでしょうけど、あたしの方は確証が——」

「甘い。何回、速見と一緒に仕事したんだよ」

言い返せない。

「ともかく、休める時に休んでおこう。車の中で仮眠してもいいし。そういや、国道沿いにラブホがあったな。せこいモーテルみたいなところだけど、ああいうところなら予約も要らないし、チェックインも適当だし——」

橘に顔を向けると、橘はよく動くその口を閉じた。暗いので優希の表情は見えないだろうが、何を考えているんですかという視線は伝わったようだ。

「心配するな。俺は熟女専門だ」

橘が大真面目な口調で言った時、スマホが振動し、暗闇の中でディスプレイがまばゆく発光した。

「……速見からだ」

橘がスマホをスピーカーモードにする。

『金が見付かりました。小山田さんと待っていますので合流して下さい』

電話の向こうの速見の声はいつもと変わらない、落ち着いた口調だった。

「あっさり言うなあ……」

聞いている優希は、安堵というよりは脱力感で腰の力が抜けた。

「まあいいか。金、どこにあったんだよ？」

『後でお話ししますよ。さらっと見付かりました』

一気に、車内に緊張感が走る。橘がスマホを握りしめ、シートから背を起こした。

『さら』は速見が率いるこの地面師プレイヤー間の符丁で、『さらわれる』『さらう』を意味する。

速見と小山田は拉致されており、速見のスマホはスピーカーモードになっていて、拉致した者にすぐそばで聞かれている。

「そうか、じゃ、後で聞くわ」

橘は、平静を装った声で応じる。

「どこに行きゃいい？」

『羊蹄山私人高爾夫倶楽部（羊蹄山プライベートゴルフクラブ）です。ご存じですよね？』

「知ってる」言いながら橘がちらりとこちらを見たので、頷いてみせた。今いる場所からさほど遠くない。喜茂別《きもべつ》町と真狩《まっかり》村と留寿都《るすつ》村の境界線が交わるあたり。もともと日本人が経営していたのだが破綻し、中国企業に買収されたゴルフ場で、現在は、実質、日本人は入会出来ない、中国の富裕層を相手にした高級コースとなっている。最近では、敷地を広げて別荘地として開発する計画があるため、その周辺の土地取引も活発になってきている。この中国企業も土地をU字型に買っており、一部地元民の顰蹙《ひんしゅく》と反感を買っていた。

「あそこ、中国人専用だろう？　なんであんたが入れるんだ？」

『コネがありまして。クラブハウスを建てた大工を知っているんです』

相手は三人、と優希は頭に刻み込んだ。『ダイク』は、ひと昔前の関西の卸売市場で使われていた数字の符丁で、速見はこれも採用している。一（ピン）、二（メノジ）、三（ダイク）、四（ランプ）、五（オンテ）、という具合だ。

電話の向こうで、妙な間と、かすかな物音を感じた。無駄話はしないでさっさと電話を切れと速見が小突かれでもしたのだろうか。

『ともかく、早く来て下さい。皆さんの取り分も、算盤《そろばん》を弾《はじ》いて計算しておきますから』

総毛立った。『弾いて』は拳銃（ハジキ）の符丁。

『クラブハウスの正面玄関に着いたら、電話をお願いします』

「わかった。正面玄関だな？」

『はい。周辺は暗くて危ないですし、絶対に正面玄関から来て下さい』

つまり、『正面玄関から来るな』ということだ。

橘が通話を切り、優希の顔を見る。

「速見と小山田は、拳銃を持った三人組に、羊蹄山私人高爾夫倶楽部で拉致されている。救出しに行かなきゃな」

自分で、顔が青ざめているのがわかった。

「……誰が行くんですか？」

「俺たち。他に誰がいるんだよ」

「……」

「安心しろ」

橘が拳を作って、軽く優希の肩を叩いた。

「荒事は俺が引き受ける。速見と小山田を外に出すから、待機しておいてくれ」

優希はゴルフをやらないのでゴルフコースの俯瞰《ふかんず》図を思い浮かべることが出来ない。

Googleマップでどこまで詳しく見れるだろうか。

「優希、俺の荷物、トランクの中だよな？」

「はい」

「開けてくれ。出したいものがある」

橘とリアに回り、トランクを開けた。

トランクの中の旅行鞄《かばん》を開ける橘の手元を、ペン型のマグライトで照らす。

元陸自の橘らしく、鞄のどこに何を収納するか完全にルール化しているようだった。マグライトの灯《あか》りにさほど頼ることもなく、橘は鞄に手を突っ込むと最下部をまさぐった。最下部は二重底になっており、特殊部隊がミッション遂行に携行する様々な道具のうち、厳選したものが収められている。

道具一つ一つの名称と使い方は、優希も教えてもらっていた。橘がまず取り出したのがマルチツール。そして催涙スプレーの『スピットファイアー』とゴーグル。『シュアファイア』の軍用フラッシュライト。火力が強く設定されているジェットライター。そして黒いTシャツを一枚。

その他には止血帯、軍用サングラス、スペアの靴下、一〇〇マイルテープなどがあるが、それらは置いていくようだ。

「さて、どこから近づくか……」

助手席に戻り、スマホの地図アプリを立ち上げる橘。ディスプレイに照らし出されたその顔は、どこか楽しげだった。

喜茂別町／留寿都村／真狩村近辺

橘

人工の灯りが全くない闇の中、優希に車を停めるよう指示した橘は、優希のタブレット端末で現在地を確認する。

羊蹄山私人高爾夫倶楽部の、正面入り口の反対側を走る細い道路。

Googleマップを航空写真モードに切り替え、ゴルフコースとの位置関係を確認する。橘たちがいる道路は、クラブハウスから一番離れた4番ホールの先端部分から傾斜を下ったところ。傾斜の反対側には林。

橘はスクリーンショットを撮ると画像編集アプリを立ち上げ、指先で赤い線を引きながら動線をシミュレートしていた。

「4番ホールと3番ホールに沿って移動、クラブハウスの横手に回る……と」

次に中国語でこのコースを検索し、ホームページに掲載されたクラブハウスの平面図を開いた。一階のコース側にはスターティングテラス、スターティングロビー、浴室やロッカー室など。二階にはロビー、レストラン、コンペルーム、会議室、事務室など。

捕らわれた速見と小山田がどこにいるのか、見当が付かない。

ぶっつけ本番か。肚《はら》をくくった橘はタブレットを優希に返すと、「ライトは消して、アイドリングして待っていてくれ。これで合図をする」と軍用フラッシュライトを見せる。

車から降りた。エンジン音と、夜の林の音に包まれる。夏場なら虫の声や木の葉が風に騒ぐ音がするのだが、木々は裸で夜は冷え込むこの時期は静かなものだった。つまり、橘も物音を立てられないということだ。

目の前の斜面を見上げ、高さを目測しながらベルトに差し込んでいた黒いTシャツを取り出す。襟口から顔だけ出すように被り、袖を頭の後ろでしっかり結んで、襟口で額と口と鼻を隠して目だけが出るようにする。即席の忍者頭巾だ。

斜面は枯草に覆われており、足場も悪い。しかし近づいてよく見ると、鉄板を斜面に埋め込んだだけではあるが作業用の階段が途中まで設けられており、斜面全体に渡って頑丈な雪崩防止柵が何重にも設置されている。これを足掛かりにすれば、速見と小山田も道まで下りることが出来るだろう。

橘は、斜面に取り付いた。

フェアウェイの真ん中を縦断するわけにはいかないので、4番ホールと3番ホールの端、林に少し入ったところを木々に隠れながら進む。

やがて、常設灯にぼんやりと照らされ佇むクラブハウスが見えてきた。3番ホールを歩き切ってからは、足音を立てない、特殊部隊ならではの歩き方に切り替えた。足の裏に神経を集中する方法のひとつで、踵《かかと》で着地して足の裏の外側、指側、と重心を移動させていく。これにより、小枝などを踏み折る前に感知することが出来る。

感知といえば、センサーライトの設置場所が気になる。橘は林の中で、クラブハウスをよく見渡せる位置にしゃがみ込んだ。じっと建物に目を凝らし、センサーライトを探す。屋根の角、軒下にあたる部分、ドアや窓の上——。

それらしいもの、つまり消灯されている照明設備のようなものは二つ見付かった。もしそれが本当にセンサーライトなら、取り付けたのは防犯知識のない素人《しろうと》だろう。照射方向が外向きになっている。これだと、侵入者が近づいてくる間は見えるが、建物に近づけば陰になり、見えなくなる。侵入口を照らし下ろす方向に設置するのが、本来は正しい。

センサーライトは死角にまだあるかもしれないし、暗くて見えない部分もある。それから、セキュリティカメラが作動している可能性もある。

とはいえ暗視スコープなど持っていないので、肚をくくって進むしかない。短時間で済ませ、さっさと離脱しよう。橘は頭巾にしているTシャツの袖を、頭の後ろで固く結び直した。

クラブハウスの間取り図を思い出す。今日の前にあるのはスターティングテラス。その横手の奥が従業員用食堂と便所。

大回りをして、スターティングテラスの横手の暗がりに駆け込み、壁際を奥へと進む。上を見て、センサーライトらしきものがないことを確認してから、従業員食堂の窓に取り付いた。

非常口の緑の灯りに薄く照らし出された食堂は、無人。

手袋を外した右手でガラス窓を何か所かノックする。二重窓でもないし、防犯ガラスでもない。客の目に触れないところは徹底的に予算をケチるという経営者の考えがよく伝わってくる。

夜気にガラスは冷え切っていた。橘は再び手袋を着けるとターボライターを取り出し、窓ガラスのクレセント錠の辺りに炎を噴射する。熱伝導率が低いというガラスの特性を利用し、一部を極端に熱することで他の部分との温度差を作って割る、『焼き破り』と呼ばれる方法。

一分間ほど熱していると、ぱちんと音がしてガラスにひびが入り、割れた欠片《かけら》がぱらぱらと地面に落ちる。

穴から指を入れてクレセント錠を回すと、窓はあっさりと開いた。窓枠に足を掛け、音を立てないように食堂の床に着地する。

窓を閉め、探索に取り掛かる。横のドアを開くとサービス通路となっており、手前左側がカート置き場、奥が設備機械室。

橘は大きく深呼吸をすると、ドアを開けて廊下伝いにそれらを見て回った。天井のところどころに広角レンズの防犯カメラが備え付けられているが、それに映ることについてはもう諦めよう。ともかく速見たちを早く救い出して逃げる。

カート置き場に人の気配はなく、設備機械室は施錠されている。カート置き場向かいのバッグ置き場も消灯されており、静かなものだった。

バッグ置き場のドアをそっと開けると、その向こうは客が出入りするエリアとなる。まず目に入ったのが男性用便所、右に目を遣るとスターティングロビー。

誰もいない。

スターティングロビーは当然開いていないが、通用口が脇にあるので、逃走に備えて解錠しておく。

遠くから音が聞こえ、足を止める。続いて怒鳴り声。こもっているが、かなり音が反響する場所だ。

音の聞こえた方に進む。スターティングロビーを出ると廊下になっており、右側が男性用ロッカー室、左側は壁。平面図を思い出すと、女性用ロッカー室がこの壁の向こうにある。

また声が聞こえた。中国語。橘は消灯してある軍用フラッシュライトを左手に、右手に催涙スプレーを持って、暗い廊下をじりじりと進んだ。

突き当りは脱衣室。その先には男性用浴室。今の音と声は、浴室からだ。

相手に考える暇を与えず、一気に行こう。銃器を持っていない橘には、他に選択肢がない。

足音を殺しながら脱衣室に入る。浴室の中の声が聞こえてきた。

「素直に教えないと、お前もこうなるぞ」

中国語の声と、少しの間。続いて、

「何のことか、全くわかりません」と、日本語。速見の声だった。

スマホの翻訳アプリでも使っているのか、会話に妙なタイムラグがある。

橘はゴーグルを着け、フラッシュライトを持ち直すと、ずかずかと歩を進めて浴室の引き戸を開け、躊躇わずフラッシュライトを点けた。

驚愕の悲鳴が交錯する。浴室の利用者が落ち着けるよう暗めに設定された照明。それに慣れた目に突然光を射された男たちのものだ。殺人的な光量ではなくても、突然明るい光に照らされると、人は一瞬、思考能力を失《な》くす。

浴室の中を見た橘は、一瞬にして総毛立つのを感じた。右奥の床に速見、その前、つまり速見と橘に挟まれるかたちになった二人の男――そのうち一人はスナック楓で橘を襲った男だと瞬間的にわかった――そして橘の目の前には、頭を割られて俯《うつぶ》せになった男と、流れ出ている血。

「何だ、てめえ!」橘を襲った方ではない、刈り上げの男が左手で光を遮りながら、中国語でわめく。右手には小ぶりの斧。

「目、閉じてろ!」

橘は速見に怒鳴ると、催涙スプレーを男たちに噴射した。こちらに走ってこようとしていた二人がたたらを踏み、うち一人、橘を襲った、ヤマアラシのような髪の男が血だまりに足を取られて仰向けに転ぶ。

果敢にも、それを飛び越えるようにして刈り上げが襲い掛かってくる。スプレーが効いていて一秒以上目を開けておくことが出来ず、無闇に斧を振り回していた。

振り下ろされた斧を持つ刈り上げの右手首を、左手で弾く。斧が音を立てて床に落ちた。間髪を入れず、右足で鳩尾《みぞおち》に前蹴りを入れる。刈り上げが左手に持っていたスマホが、音を立てて床に落ちた。速見のものだ。橘は素早く拾い上げる。

うずくまった刈り上げを避けて向かってくるヤマアラシ。こいつも目をしょぼしょぼさせているので扱いやすい。半身になって右手で相手の右手を制し、柔道の大外刈りの要領で床に叩き付け、鳩尾に正拳を叩き込む。ヤマアラシの肺から空気が出きってしまう音がした。

「行くぞ」きつく目を閉じた速見に駆け寄り、立たせる。多少殴られたようだが意識ははっきりしているようで、骨折など重傷もなさそうだ。

ぜいぜいと荒い息を吐き、しきりに目をこすっている二人の男を尻目に脱衣室に駆け出し、廊下に向かう。

「後ろ、向け」橘は速見の上着のポケットにスマホを突っ込み、自分のポケットからマルチツールを取り出す。

速見の両肩を持って身体を回すと、手首が太い粘着テープで縛られていた。マルチツールのナイフを出してテープを切り始める。

「今ここでやらなくても――」

「今ここでなきゃ駄目なんだよ。後ろ手に縛られてると、人間はうまく走れない。それはそうと、床に倒れてたのは――」

「死んだ小山田さんです」

速見のテープが切れた時、二人が浴室から出てきた。少し足がもつれ、まだ目をしょぼつかせている。これなら、止《とど》めを刺さなくても逃げられる。出来るだけ、死体を増やしたくない。

再び二人の男にそれぞれ一発ずつ蹴りを入れると、速見と一緒に駆け出す。

「スターティングロビーの通用口から出ろ！　4番ホールの先、斜面の下で優希が待ってる！」速見を先にして、走りながら怒鳴る。

速見がスターティングロビーからテラスに出た時、右側から黒い影が飛び出し、速見に続こうとする橘の身体を男性ロッカー室の壁に叩き付けた。

「橘さん！」速見が立ち止まる。

「待つな！　これで優希に合図しろ！」フラッシュライトを床に滑らせる。

速見がそれを拾い上げ、一瞬の躊躇《ちゅうちょ》の後に走り去る。

橘の脇腹にしがみついているのは、スキンヘッドの男だった。きっと正面玄関で橘を待ち伏せしていたのだが、音を聞きつけて駆け付けてきたのだ。

スキンヘッドの背中に何度も肘鉄をくらわし、力が緩んだところでその腕から逃れる。スキンヘッドが床に転がって立ち上がった。

速見に続いて出ようとし、ちらりと後ろを振り返った橘の身体が硬直する。

三つの銃口が、橘に向けられていた。

緊張に、鳩尾が引き締まる。顔をしかめると、今しがた殴られて付いた傷や打撲が疼《うず》いた。

こいつらの第一目的は自分を殺すことではない。スナック楓でもヤマアラシは撃たなかった。

しかし、その目的を果たした後は、間違いなく橘を殺す。目隠しをされていないことから、それは容易に推測出来た。殺すつもりだから、三人組は自分たちの顔や行き先を橘に覚えられても構わないのだ。

両手を粘着テープで後ろ手に縛《いまし》められ、そしてスキンヘッドの男に腰に銃を当てられた状態で、廊下を歩かされる。人を拉致する場合、気絶させるか身体の自由を完全に奪うかして荷物のように運ぶ方法が第一に思い浮かぶが、慣れたプロは、自分の足で歩かせる。人間を運搬するのは大変な労力がかかるが、両手を縛って銃口を突き付ければ、大概の人間は大人しく従うものだ。

橘は心の中で歯嚙みする。一人対複数で、速見を逃がすことが最優先だったとはいえ、敵に捕まるのは屈辱的なことだった。

次の行動では——次があると信じたいが——迷わず、目の前の敵の息の根を止めてやる。

従業員専用のエリアに向かう。行く先は従業員専用の駐車場だろうか。

警備員や警察が駆け付ける気配はない。警備室や警備会社にあらかじめ根回しがされているのかもしれない。厄介な状況ではあるが、橘自身の顔も記録に残らないと考えると、まあいいかという気にもなる。

「なんでさっさと殺さないんだよ」スキンヘッドが、他の二人に訊く。

「金の行方を知っているだろうから、尋問するんだよ」ヤマアラシが答える。

「金なんて二の次だ。仔空を殺したのがこいつなら、生まれてきたことを後悔するような目に遭わせてやる」低い声で刈り上げが続けた。

話を聞いていると、こいつらの仲間の一人を殺して金を持ち去った奴がいるようだ。その金の行方を、橘が知っていると思っている。あと、『仔空』とは誰だ？

そもそも、こいつらは何者だ？　少なくともずぶの素人ではなく、ある程度は場数を踏んだプロの犯罪者に見える。橘はそれとなく三人を観察した。先ほどの戦闘の興奮状態がまだ冷めない様子のスキンヘッド、それとは対極の、冷静なヤマアラシ。冷静というよりは、周囲で起こっていることにのめり込まず、おのれの利益のために周りを利用することを躊躇しないサイコパスのような印象。

そして、血走った目で周囲のあらゆるものを焼き尽くそうとしているかのような刈り上げ。

ここは中国語を解さないふりをしておいた方が良い。会話をするのにいちいち翻訳アプリを使うのなら、橘には考える時間が出来るし、こいつらには隙が出るかもしれない。

「おい」スキンヘッドがまた声を上げる。「船越が、戦闘要員は中国語と英語を喋るって言ってたけど、こいつじゃないのか？」

あのクソジジイ、余計なことを漏らしやがって。

「おい、中国語喋ってみろ」立ち止まった刈り上げが、橘の頭に銃口を突き付けた。

「我唔識講普通話」（普通話はわからない）咄嗟《とっさ》に広東語で返す。

「普通話だよ！　普通話！」苛立った様子。

「唔識講啊」（わからないんだよ）

「駄目だ、こいつ」ヤマアラシが冷めた表情で言う。「全く通じていない。話を聞くときにはアプリを使うか」

「船越の馬鹿、普通話と広東語の区別もつかないのか」刈り上げが吐き捨てるように言った。

「まあ、大半の日本人は中国語が一つだけだと思っているけどな。なにしろラーメンや天津飯が中国料理だと思っている連中だ。中国文化への無理解度は、推して知るべしだよ」

三人は、再び橘を銃口で小突きながら歩き始めた。

橘が普通話を解さないと思い込んだ彼らが、会話を続ける。それによると、三人は橘をどこかに連れて行き、拷問によって金の在処《ありか》を聞き出し――知らないものは教えようがないのだが——その場で始末する。クラブハウスに一旦戻り、小山田の亡骸を回収して車のトランクに入れる。そして、もうじき到着するクラブハウスのマネージャーに金を払って立ち去る。どうやらそのマネージャーが小金目当てで三人に場所を提供しているらしく、防犯装置は切られているようだ。

「金が回収できなければどうする?」ヤマアラシが刈り上げに訊く。

「回収できねえなら仕方ないが、仔空の仇は討つ」

「ちょっと待て」スキンヘッドが慌てて話に割り込んだ。「それはおれの仕事じゃないぞ。仔空は気の毒だったが、おれは敵討ちのために雇われたんじゃない」

「わかってるよ、落ち着け」ヤマアラシが宥《なだ》める。

「明後日までに金が見付からなかったら、おれは降りる。分け前も要らない。経費だけ払い戻してくれ。いいな」

そう言うとスキンヘッドは銃を握り直し、その後は一言も喋らなかった。

深夜となりすっかり冷え込んだ従業員専用駐車場には、二台の車が停められていた。白のカローラと、青のフォルクスワーゲン・ポロ。両方とも『わ』や『れ』ナンバーでないところを見ると盗難車か、レンタカーにダミープレートでも取り付けたか。

カローラの後部座席に押し込まれる。続いて刈り上げが銃を向けたまま隣に乗り込んできた。ここで抵抗しても仕方ないので、尻をずらして左側に移動する。よく見ると、左側のドアのインナーハンドルが取り外され、車内から開けられないようになっていた。

ヤマアラシが運転席に乗り込み、エンジンを掛ける。隣では、スキンヘッドがポロに乗り込んでいた。

平地を二十分ほど走ったところで、小さな橋に差し掛かった。渡ってすぐに左折すると、傾斜のある砂利道になる。廃屋にでも連れ込むつもりだろうか。廃屋なら、北海道には掃いて捨てるほどある。

さらに砂利道を上り、枝道に入った。木の枝や葉が車体をこする音がする。しばらく行ったところで、車が停まった。運転席のドアが開き、ヤマアラシが降車する。

「下車」（降りろ）

左後ろのドアが開けられ、刈り上げの銃が横腹に突き付けられる。

懐中電灯を持った三人に、獣道のようなところに引っ張り込まれた。

この先には、地獄が口を開けて待っている。

橘は周囲の様子をつぶさに観察しながら、逃走の手段を考え続けた。一分も歩くと、風が強くなってきた。その風が、森を抜けてくるにしては〝平たい〟気がする。葉を付けていない木々に切り取られながら長時間吹き抜けてきた風ではなく、何も無い空中を、空気が塊になって移動するイメージ。

右側がいやに静かだった。微かに聞こえてくる、小さな波の音。湖か、大きな沼がある。

果たして、獣道は沼に出た。そこそこの広さの沼に沿って、橘と三人は一列となって歩く。

獣道の数メートル横に沼が迫っており、沼岸は切り立った砂地になっている。

横目と耳を使い、波高と波長の見当を付ける。そこから大体の深さを計算した。沼岸のすぐ近くは数十センチから一メートルほど。その先、波高と波長が明らかに変わっているところからは急激に深くなっているようだ。

迷っていては台無しになる。橘は自分の中のスイッチを〝戦闘モード〟に切り替えて雑念を排除すると、準備の動作なしの横跳びで、沼に飛び込んだ。

背後に、面食らったスキンヘッドの気配を感じる。後ろを歩いていたスキンヘッドには、橘の姿が一瞬にして消えたように見えただろう。

しかし、後に続く水音で何が起きたか悟った三人は、沼に向けて乱射を始める。雷鳴のような銃声が水面を渡り、夜行性の鳥や、眠っていた鳥がパニックとなって鳴きながら飛び立つ。

たまたま筋の良かった弾丸が身体の近くを高速で通り過ぎるのがわかるが、こういうときには何も考えてはいけない。足を動かし続ける。

すぐに水深が深くなるポイントにたどり着き、足元の沼底の感触がなくなった。橘は大きく息を吸い込んで少しだけ吐き出し、直立の姿勢で勢いをつけ、深みに向けて潜水した。

四メートルほどで、沼底に着いた。水中植物に足を取られないよう気を付けながら屈伸の要領で沼底を蹴り、正面ではなく横へ横へと進む。

水を通し、まだ散発的に銃声が聞こえるが、橘は気にしなかった。

水に向けて射出された弾丸が水面で止められることはない。しかし屈折現象が影響して弾道が変わる。そして水中に突入した弾丸は水深一メートルから二メートルあたりで〝息切れ〟を起こし、破壊力を失う。

着水したところから離れ、再び浅くなり始めたところで橘は浮上した。

身体の向きを変え、背浮きをして顔面だけを水面に出す。人間は空気を吸うと全身の二パーセントだけ水に浮くので、顔をその二パーセントに充てるサバイバル術。

顔面を撫でる風が冷たく、水中の方がむしろ暖かいような感覚。水から出た時のことを思うとげんなりするが、生き延びただけよしとしよう。

銃声は止んでいた。根拠はないが、ヤマアラシが他の二人を制止したのではないかと思った。

銃声は、どのくらい遠くまで響いたのだろう。住民が警察に通報をした場合、警察はここをすぐに見付けるだろうか。いずれにしても早く現場を離脱しなくてはならないが土地勘がなく、変なところで陸に上がって濡れネズミのまま真っ暗な山中を彷徨《さまよ》ってじわじわと体力を失っていくのは避けたい。

懐中電灯を水面に向け、目を凝らして橘を探す三人との根競《こんくら》べになる。浅いところで、鰐《わに》のように目から上だけ水面に出し、時折鼻を出して呼吸をしながら待つ。その間に、後ろ手で手首に巻かれた粘着テープを緩める作業を行っていた。市販のテープは、水に触れると粘着力を失くす。交差された手首を何度も左右にひねり、隙間に水が入っていくようにする。手首が少し動く状態になったら、近くで半分水に浸《つ》かっている倒木の陰に回り、後ろ向きになって枝の折れた跡にテープの端をこすりつける。何度もやっているうちにテープに切れ目が出来、そこをきっかけにして手首の力と、やがて使えるようになった指先で、少しずつ裂いていく。

永遠にこの作業が続くのではと何度か思ったが、少しずつ切れ目が大きくなり、ようやく両手が自由になった。

沼岸では、二本の懐中電灯の灯りが林の中を車の方に向かっていくのが見える。じきに奥の方で一台の車のヘッドライトが点灯され、バックで元来た方向に下りていった。ゴルフコースのマネージャーが到着する時刻なのだろうか。

残ったのはスキンヘッド一人。

橘は濡れた上着とズボンを脱ぎ、丸めて抱えると、林の中を音を立てないように進む。回り込むように獣道まで戻ると、服をそっと地面に置き、両腕をぐるぐると回す。ずっと後ろ手に縛られていたのと、水から上がった寒さで筋肉が強張《こわば》っていた。

筋肉が十分ほぐれると、足音と気配を殺してスキンヘッドの背後から近づき、一メートルほど後ろに幽霊のように立った。

スキンヘッドは、水面を懐中電灯で舐《な》めるように照らしており、背後には全く気を配っていない。

馬鹿め。橘は心の中で嘲りながら、自分の中のスイッチを今度は〝殺戮《さつりく》モード〟に切り替えた。相手を効率的に無力化すること以外の思考がゼロになる。意識の遠くの方に再び、特戦群時代の感覚を懐かしむ感情が泡のように浮かんできた。

スキンヘッドの背中に向けて突進し、ラグビーのタックルのように、左肩をスキンヘッドの臀部《でんぶ》に叩き付ける。同時に両足首を握って思い切り手前に引く。

梃子のようにスキンヘッドが俯せに倒れ込んだ。悲鳴を上げて起き上がろうとするのを制し、背中に覆いかぶさる。

スキンヘッドの右手を背中側にねじり上げ、手の中に握り込んだ親指の付け根でこめかみを何度も乱打すると、動きが止まった。

左手を前に回し、親指と人差し指で頸動脈《けいどうみやく》を押さえる。

そのまま数分間待つと、脈が止まった。

心肺停止を確認し、ぐったりとしたスキンヘッドから身体を離す。

濡れたTシャツを脱ぎ、スキンヘッドの服を脱がせるとそれを着込んだ。橘にはサイズが少々小さいが、人目を惹《ひ》くほどぱつぱつではない。服に残った体臭が気になるが、出来るだけ口呼吸をすることにした。脱いだTシャツは置いていくわけにもいかないので、取り敢えずスキンヘッドの頭に通しておく。

亡骸を隠さなければ。アーミージャケットのポケットに、取り上げられたジェットライターが入っていたので、スキンヘッドの十指の指紋を焼く。皮膚の焼ける臭いがあたりに広がった。

のんびりしていると、警察が動き始めるかもしれない。その前に、熊などの野生動物が来る可能性がある。

スキンヘッドは腰に拳銃を差していた。中国で人民解放軍特殊部隊や人民武装警察部隊に支給されていると言われる92式手槍（拳銃）。外観のデザインはH&K USPに似ているので、親しみが湧く。マガジンを抜いて弾丸を見ると、貫通力に優れた5・8×21㎜　DAP92弾だった。

マガジンを戻した拳銃を腰に差し、スキンヘッドのズボンのポケットに入っていたスマホと車のキー、落ちていた懐中電灯を回収する。そして、再び俯せに転がした亡骸を抱き上げ、脇の下に首を差し入れてから肩の上に担ぎ上げた。自衛隊や消防隊では『消防夫搬送』と呼ばれる、意識不明の人を運ぶ技術。

自由な左手で服をかき集め、獣道を戻ってボロのトランクに亡骸を入れると、エンジンを掛けた。

砂利道をバックし、道幅が広くなったところで転回する。

もとは民家だった廃屋を通り過ぎ、農地に沿ってしばらく下ると川が見えてきた。カーナビによると喜茂別川だ。

国道230号の彼方に、パトカーの赤色灯が見えた。サイレンは慣らしていない。やはり通報した住民がいたか。銃声が相当遠くまで響いたのだろう。猟銃の音を聞いたことのある人なら、今のは銃声ではと疑いを持ってもおかしくない。

警察はいつ、場所を特定するだろうか。

沼の周辺にはいくつもの薬莢《やっきょう》が転がっているので、丹念に歩き回れば発見は難しくない。そして、それを見付けた警察は血眼で捜査をするだろう。

国道は避けて、地元民しか使わない細い道路を奥へ奥へと進むうちに、星空を背景に、黒く切り抜かれたような建物のシルエットが見えてきた。道路を外れてそちらに車の鼻先を向ける。

微かなエンジン音と砂利を踏みしだく音を立てながらしばらく進む。その先、ヘッドライトの光の中に浮かび上がったのは、目測で高さ一〇メートルくらい、普通のマンションだと三階建てくらいに相当する高さの廃倉庫のようだった。

徐行しながら周囲を見渡し、人工の灯りがないことを確認する。

廃倉庫の奥にまで突っ込み、壁際まで寄せると一旦ヘッドライトを消してエンジンを止めた。ポロから降り立ち、懐中電灯で周囲を照らす。廃倉庫は長い間放置されているらしく、壁から剝がれ落ちた塗料やコンクリートが小さな破片となってそこここに散らばっている。

身を低くすると懐中電灯を水平に持ち、床面を照らした。土埃の上にはポロの車轍《しゃてつ》しか刻まれていない。

いくら人がいないとはいっても、亡骸をそこらに放置するわけにはいかない。事務室やトイレはないだろうか。

ゆっくりと懐中電灯の光で観察しているうちに、倉庫の隅に平屋式のプレハブ小屋を見付けた。

がたのきた横開き式の戸を苦労して開けると、そこはかつて事務室として使われていたらしい部屋だった。

誰かのいたずらなのか、倒産した時に債権者が暴れたのか、荒らされ具合が酷い。

昔懐かしいスチールデスクの引き出しは全て抜き取られて中身が床にぶちまけられ、事務椅子は壁に投げつけられたらしく小屋の隅にひっくり返り、スチールロッカーは床に倒されている。

しかしものは考えようで、ここまで荒らされていればかえって安心かもしれない。次にここらの物に手を触れるのは解体工事の作業員くらいで、それもだいぶ先の話だと思われた。腐敗臭がどこまで漂うかは、運に任せるしかない。

橘のTシャツを首から外したスキンヘッドの亡骸を、トランクから運び出す。事務室の床で扉を上にして倒れていたスチールロッカーに入れると、今度は扉が下を向くようにして転がしておいた。

ポロに戻る。ドアを開けようとしたその時、違和感を覚えた。

咄嗟に周囲に目を走らせるが、すぐに気付いた。違和感は周りではなく、自分の中から来ている。

この感覚は前に体験している。何だったっけ——思い出そうとするが、思い出さなければという思いだけが空回りし、答えが出てこない。

何を思い出さなければならないんだ？

恐慌をきたした。

ここはどこだ？　俺は何をした？　そして何をしようとしている？　目の前の車は

俺のか？　行き先は？

一つ一つの記憶がタイルのように貼られている巨大な意識の空間で、橘は立ちつくした。そのタイルが次々とはがれ落ち、空中で粉々に砕け、雲散霧消する。

それは、起こった時と同じように突然終わり、意識が戻った。

喜茂別の廃倉庫。その外で、橘はぼんやりと立っている。周囲は明るくなり始めており、遠くには朝の早い農家のトラックが走っているのが見えた。

「おい、嘘だろ」

背筋を這《は》いあがる悪寒に、ぞくりと身体を震わせる。

一過性健忘症が、戻ってきた。

再発する可能性は十パーセントと医官が言っていたが、その十パーセントが起こったのだ。

どのくらいの時間、発症していたのだろう。左腕の防水腕時計を見る。四十分くらいだった。

一過性健忘症が、戻ってきやがった。心の中で、繰り返す。

医官の言葉を思い出した。『戦いというのはそのくらい精神への負担が大きい』

昨夜の戦いと、久しぶりに敵を無力化したことがきっかけとなって再発したのだろうか。だとすれば、また再発するかもしれない。それが一分後なのか、数日後なのか、数年後なのか。

そして、次はどのくらい続くのだ。十分か、二十四時間か。

「クソが！」

橘は廃倉庫の外壁を何度も力任せに蹴ると、両手を膝に突いて息を整えた。

現実に戻る。警察がまだ、夜の銃声の件を調べているかもしれない。薬莢が見つかったかもしれない。陽が昇ったら、この辺りで聞き込みを行うかもしれない。

周囲を見回して誰もいないことを確認し、廃倉庫の中に戻る。屋根や壁の破れ目からうっすらと光が差し込み、廃倉庫の中をぼんやりと照らし出していた。

四十分前にやろうとしたように、ポロのドアを開ける。

再発したという思いが付きまとい、指が強張ったのか、スマートキーを落としてしまった。

キーを拾い上げながら考える。この病気に効果的な治療法は確立されておらず、この先ずっと再発に怯《おび》えながら過ごさなくてはならない。

どうしようもない苛立ちと悲しさを追い遣ろうと、車のルーフに頭をがんがん叩き付ける。こんな頭など割ってしまい、ぽんこつの脳みそを取り出して地面に叩き付け、足で踏みつぶしてしまったら、どれだけすっきりするだろう。

目に浮かんだ涙を拭きもせずしばらくそうしていたが、時間を無駄にしていることに気付き、背筋を伸ばした。

Box Breathingで気持ちを落ち着かせ、運転席に座る。

恐らく、さっきの発症中に廃倉庫内を歩き回り、そこら中に素手でべたべたと触ったことだろう。しかし、ここに留まって指紋を拭いてまわる時間もない。諦めよう。

ふと助手席に放り出してあるスマホに目が行った。スキンヘッドが持っていたスマホ。速見と優希の安否が気になった。橘が速見から借りていたトバシのスマホは奴らに取り上げられている。左足の内側、膝のすぐ上あたりにテープで固定して隠し持っていた個人スマホは、水没したせいで電源すら入らない。

これを使うしかないか――橘はスキンヘッドのスマホを手に取ると、電源スイッチを押してスリープモードを解除した。

ディスプレイに現れた表示を見ると、『郭銘軒』『姜睿』から何度も着信があったようだ。助手席に置いていたのは僥倖《ぎょうこう》だった。発症中に着信があれば、出てしまったかもしれない。そうなると――そこまで考えた橘は、ふっと自嘲気味に笑った。その時には、これがスマートフォンというデバイスで、人と通話できるということすら覚えていないに違いない。

「あ……」

思わず声が出た。パスコードがわからない。いや、まだワンチャンある。スキンヘッドのパスポートか国際免許証はないか。誕生日がわかれば、トライしてみよう。

「畜生！」

今度は罵声が出る。スマホのロックは指紋認証式だった。仕方ない。倒したロッカーを開けて、あいつの指を切り落として——。

そこで肩の力が抜け、シートの背もたれに力なく寄りかかった。スキンヘッドの指紋は、ライターで焼いてしまっている。

公衆電話を使うしかない。市街地に向かおう。

小銭が要る。スキンヘッドのズボンや上着には財布が入っていなかったな——橘はまた車から出ると、トランクを開けてみる。

トランクには、スキンヘッドのものと思しいキャリーケース。

屈《かが》みこんでジッパーを開けた。思った通り、一番上に財布が入っていた。ワシントン条約に抵触するのではと心配になるような、鰐皮の長財布。

他に使えそうなものはないか。橘は手袋の代わりに靴下を両手にはめ、キャリーケースに手を突っ込む。

しばらく中身をかき回していたその手が、止まった。

喜茂別町

橘

「トレーラーハウス村だな、こりゃ」

速見に指定されたラブホテルの敷地にポロを乗り入れながら、橘は呟いた。

喜茂別の市街地でようやく見つけた公衆電話で速見と連絡を取ったところ、逃げ延びた速見と優希は街はずれのラブホテルにアベックを装ってチェックインしたとのことだったので、合流することになったのだ。

市街地を通り越した山のふもとにあるホテルで、アミューズメントパークの城のようなごてごてしたホテルを想像していたがそうではなく、部屋がそれぞれコテージのように分かれており、部屋と部屋の間はある程度間隔が空いている。ただその部屋の外見がみすぼらしく、どこかうら寂しくもの悲しい。それが橘に、アメリカの貧困層やヒッピーの衣鉢《いはつ》を継ぐ人々が、街はずれや山奥にトレーラーハウスを停めて住んでいる様子を思い起こさせたのだった。

敷地への入口は小さく目立たないもので、プライバシーに配慮し、車はそれぞれの部屋に付いた格納式の駐車場に停めるシステムになっているのが有難い。

橘は『フロント』と書かれた看板の矢印に従い、安普請の小屋の横に車を停めた。積雪の多い時期は大丈夫なのか不安になる、貧弱な小屋。

ホテルのスタッフに顔の印象を残さないようマスクを着けようと思ったが、手元にない。舌打ちをして車を出た。

チェックインは、タッチパネルで部屋を選んで機械からキーを取って——というシステムではなく、パチンコの換金所のような目隠しカウンターで金を前払いする昔ながらのものだった。

「お連れ様は？」居眠りを起こされ、不機嫌そうなフロントの女性が訊ねる。

「一人」料金を払いながら答えた。

「ええと……」

言いたいのは『お一人様でのご利用はお控えいただいてます』あたりだろう。こういった、『察しろ』という雰囲気を出されるのが橘は一番嫌いだ。相手の意図を察するのは察する側が気にするべきことで、他者に強要するものではない。

不愉快な思いを殺しながら橘は、鰐皮の財布からもう一枚取り出した一万円札をカウンターに叩き付ける。女性は言葉を継ぐことなく、キーを差し出した。金属製のキーホルダープレートに、部屋番号が刻印されている。

「チェックアウトは何時？」

「十時でございます」

時計を見る。午前六時過ぎ。短い睡眠時間になるが、まあ仕方ない。ただ、優希が睡眠不足になるのは避けなければ。

「延長したければ出来るのか？」

「それは……何と申しますか……」

また『察しろ』か。橘が、一万円札をもう一枚カウンターに叩き付ける。女性は、素早い動きでそれを手に取り、自分の財布に仕舞い込んだ。

「どうぞごゆっくりお過ごし下さい」

打って変わってはきはきした口調になった女性の声に送られ、小屋を後にした。

自分の部屋の駐車場にポロを停め、駐車場から繋がっているドアで部屋に入る。窓がなく、ついでに愛想も工夫もない古い部屋で、垂れ下がる紅色の模造ベルベットに染み付いた煙草《たばこ》の臭いが鼻をつく。

部屋を出て、優希と速見のいる部屋に徒歩で向かうと三回、二回、三回とノックをする。地面師チームで取り決められているノックの仕方だった。

すぐに内側からドアが開けられ、橘は部屋の中に滑り込む。

「無事でしたか」

速見がいつものロボットのような顔で迎え、ソファにぐったりと座り込む優希がかすかに会釈をする。

しかしこの男は——橘は半ば呆れ気味で速見の全身を見回した。クラブハウスで痛めつけられた傷や腫れは顔面に残っているもののそれ以外はいつも通りで、きちんとネクタイを締め、ついさっき床屋に行ってきたかのように髪は整えられ、ひげと揉み上げもきちんと剃《そ》られている。

「連絡が取れないので心配していました」服装がすっかり変わった橘を上から下まで見ながら速見が言った。「あの後、どうなったんですか？」

「その前に、あんたらは問題なく逃げられたんだな？」

「ご覧の通りです。中沢さんの運転技術は素晴らしい」

「で、このチンケなラブホテルに——」

優希に目を遣ると、『下衆《げす》な想像をするな』という視線が返ってきた。

「——避難した、と」

チョイスとしては良いと思う。こんなラブホテルでも、敷地を出るまで車のナンバーは見えないよう考慮はされている。

橘は、ミニバーのつもりらしい備え付けの冷蔵庫に歩み寄ると、勝手にスポーツドリンクのペットボトルを取り出した。

「一本三百円ですよ、それ」

咎めるような速見の声を無視して開栓し、喉を鳴らして一気に飲み干す。空になったペットボトルを冷蔵庫の上に置くと、もう一本取りだした。

「私は結構です」

「俺のだよ」

二本目は少し時間をかけ、二口に分けて飲み干した。ついでに、冷蔵庫の上の棚に電気ポットやインスタント緑茶と一緒に置かれていた『北海道開拓おかき』の小袋を開けて、袋から口に直接流し込む。速見が嫌な顔をした。

「で、まず俺の方はだな――」

乱暴に咀嚼したおかきを飲み下した橘が話し始める。速見を外に逃がした後、三人組に捕まったこと、拷問のため外に連れ出されたが沼に飛び込んで逃げたこと、橘の捜索のために残ったスキンヘッドを無力化し、亡骸を隠したこと。

一過性健忘症のことは当然、伏せる。知られてたまるか。

「それでずいぶん時間がかかったんですね」速見の納得顔。

「あと、銃声を通報されたらしい。警察がうろうろしていた」

「仕方ないですね。警察といえば――」速見が、充電中のスマホに視線を送った。

「――六時に道警本部の刑事から電話がありました」

「ずいぶん早起きな刑事だな」

「夜明け以降なら何時だって連絡してきますよ。それから刑事訴訟法第一一六条にある通り、逮捕もします。私の古い知り合いは、日の出時刻の一分後に自宅に来た刑事に逮捕されました。『おはよう逮捕』というやつです」

速見は言葉を切り、インスタント緑茶スティックの中身を湯呑みに開け、電気ポットの湯を注ぎ入れる。緑茶はホテルの無料サービスだ。

「たまに、令状に『夜間執行』が付くこともあります。あれは悪魔の所業だ——ああ中沢さん、そんな心配そうな顔をしないで下さい。刑事部捜査第二課の岩瀬《いわせ》という警部補なのですが、昔馴染みです。私と付き合いが長く、これまで私の情報提供でいくつも手柄を立ててきました。その見返りとして私の諸々を見逃してもらったり、目障りな同業者を逮捕、送検してもらったり、持ちつ持たれつの関係です」

「あちらさんからすれば、速見さんは〝常連客、お得意先〟だよ」橘が補足する。

「午後、会うことになりました」

相手が指定した場所は国道230号沿いの休憩施設だった。

「私一人で話しますが、お二人には近くで見張っておいていただきたい」

「何を話すんだ?」

「電話では教えてくれませんでした」

「どうせ向こうは一人じゃないんだろう？」

「二人で来るそうです。もう一人が誰かはわかりません」

「時間は？」

「取り敢えず十五時に、と。さすがに午前中だと辛いですし、この先の段取りを準備しなくてはなりません」

　現場に先乗りして下見をする時間を考慮して、ここを十三時に出ればよい。妥当なところだなと橘は思った。橘も優希も十分休息を取れる。札幌などの都会だと午後の時間帯は周囲の人目を気にしなくてはならないが、このあたりは何時であろうが人は少ないので関係ない。

「レイトチェックアウトは、フロントでゴタゴタ言われたらこれが効く」鰐皮の財布からまた万札を取り出し、速見に手渡した。「気にするな。俺の金じゃねえ」

「わかりました。で、情報を整理しましょう」

　優希がソファの上で身体をずらし、橘がその隣に座る。速見は湯呑みを持ったまま、ガラスのローテーブルを挟んで反対側のベッドの端に腰を掛けた。

「さて」橘が口火を切る。「クラブハウスで何を見た？」

「殺された船越の姿を、スマホの動画で見せられました。正確には、山の中のどこかに埋められるところです。私の勘ですが、クラブハウスからさほど遠くない山のように思えました」

橋も、沼に飛び込んで逃げなければ船越と同じ運命を辿《たど》っていたのだろう。

「それを見た小山田さんがパニック状態となって暴れ始めたので、スキンヘッドの男が斧で脅したんですが効果がなく、苛立ったリーダー格の男に斧で頭を割られました」

口調は冷静だが、速見のこめかみには青筋が立っていた。

「日下部を殺《や》ったのもあいつらで確定だな」

「奴らは船越に雇われたようですね。スマホの翻訳アプリを通してですが、リーダー格の男が『船越に依頼をされて、わざわざ本土から』どうのこうのと言っているようでした」

「その『どうのこうの』の部分は？」

「そこでもう一人の男が慌てて止めたので」

「リーダー格の男って、Ｐコートの刈り上げか？」

速見が頷く。確かに頭に血が上っている様子だった。不用意な発言が多いのは、そのせいかもしれない。

「それに日下部も一枚嚙んでいたのか？　それを船越が裏切ったとか」

「日下部の話は全く出ませんでした」速見が手を額に当てて溜息を吐く。

「あの中国人三人組が俺らをつけ狙う理由は何だ？」

「金と復讐ですね」顔を上げた速見が即答した。「奴らは『金を渡せ』『弟を殺した』と言っていました」

「金って、何の金だよ？」

「我々が稼いだ、四千万円以外に考えられません」

「……やっぱりあいつら、俺らが取り返したと思ってるんだな」

「そう信じ込んでいる、という感じですね」

「じゃ、『復讐』は何のことだ？　弟なんて、心当たりねえぞ」

「詳しいことはわかりませんが、その刈り上げの弟が殺されたようで、私たちがやったと喚いていました」

刈り上げが言っていた『伃空』とは、弟のことか。

「刈り上げの弟をぶっ殺して、金を奪った奴がいる。で、あいつらはそれが俺らだと思ってる」

「そういうことになります」

「冗談じゃねえぞ。こっちだって仲間を殺されて金を奪われてるんだ。何とかしようぜ。一生追いかけ回されるのはご免だ」

「私の印象ですが、彼らは一枚岩じゃなさそうです」

「そういや、ヤマアラシ……あ、若い剛毛の奴な。あれは刈り上げのことをかなり見下してる。視線や言葉の端々に、そんな気配が見えていた」

「スキンヘッドの方はどうです？　いや、どうでした？」

「やけにビジネスライクで、離脱したがってたみたいだな」他に誰もいないが、声を潜める。「……仲間内の裏切りだと俺は見てる。あの三人のうち誰かが金をガメて、知らんぷりをして他の二人と動いてるんだ。スキンヘッドだった場合は過去形で『動いてた』だけど」

「死んだスキンヘッドの車の中に現金はありましたか？　むき出しは考えられませんが、アルミケースとか、旅行鞄などに入って」

「なかった……けど、あいつの持ち物の中にこれが」

数通のパスポートを取り出した。いずれも中国のもので、名義は違うが使われている顔写真はスキンヘッドのものだ。「あいつら、変造パスポートを使い分けて日本を出たり入ったりして、犯罪を請け負うプロだな」

速見が頷いた。

「それから、スマホがある」内ポケットからスマホを取り出した。「ロックが指紋認証式だから操作できないけど、電話は受けられる」

「スキンヘッドが死んだことを、他の二人は当然——」

「知らない」

「なら、二人が電話してきた時に、ミスディレクション出来そうですね。橘さんの中国語で」

確かに。スキンヘッドの声までは再現できないが、話しづらい場所にいるふりをして囁き声で応答すれば、騙せるのではないか。

速見が人差し指で眼鏡の位置を直す。「反撃に出ますか。金が見付かれば一石二鳥ですが」

「ああ。やられっぱなしは性に合わねえ。金よりも、あいつらを排除する方が優先順位が高いと、俺は思う」

「まあいずれにしても奴らには、遠いところに行っていただきます」速見の目に、剣《けん》呑《のん》な光が宿っている。「奴らはやりすぎました」

「殺すか？」

「そうしたいのはやまやまですが、死体を増やすと、警察の捜査に拍車がかかります。それ以外の方法を考えましょう」

「速見さん、トバシのスマホ、予備あるか？」

ひと通り打ち合わせた後で橘が訊く。

「ありません。結構高くつくので、必要最小限しか用意していません」

橋は溜息を吐いた。この件が片付くまで、少し不自由になる。

その時、スキンヘッドのスマホが振動した。ディスプレイには『姜睿』。橋が人差し指を唇に当て、速見と優希を見る。二人は動きかけの姿勢のまま、固まっていた。

深呼吸して通話ボタンをタップし、スキンヘッドの喋り方を思い出しながら、いかにも物陰に潜んでいるといった囁き声で電話に出る。

「喂？」（もしもし）

『やっと出た』電話の向こうで、ヤマアラシの声がした。こいつが姜か。ということは、刈り上げの名前が郭銘軒だ。

『橋はどうなった？』

やっぱりなと思った。船越は、橋たちの今回の地面師としての名前だけでなく、普段使っている二つ名も教えてしまったらしい。恐らく、殺される直前に。俺も優希も速見も、今の名前を使い続けることが出来なくなる。

「橋はまだ生きていて、あいつらが金を持っている」押し殺した囁き声で続ける。「おれは橋が逃げるのをこっそり追いかけていて、まだ気付かれていない」

『どこだ？　応援に向かう』

「あいつらずっと移動しているから、目的地で合流しよう」

『目的地って？』

「小樽フェリーターミナル。あいつら、二十三時三十分発、舞鶴《まいづる》行きのフェリーに乗るらしい」

『乗られたら厄介だな……いや、乗ってしまえば逃げ道がないから、ことが早く終わるかもしれない。よし、舞鶴からの動きを段取る。京都にいる仮想通貨の両替屋を知っているから、金はそこに持ち込む』

姜はなかなか仕事の出来る奴らしい。

「やばい。あいつら、動き出した。しばらくスマホの電源切るぞ。」

『ずっと点けておけよ！　連絡取れねえだろうが』電話の遠くで喚く声。郭だ。ずっと興奮状態のようだが、あの調子で疲れないのだろうか。

「バッテリーがヤバいんだよ。今、チャージャーもモバイルバッテリーも手元になくて……もう行かなきゃ。何かあったら電話くれ。出られる時には出る」

相手の返事を待たず、橘は電話を切ると電源を落とした。

「信じましたかね」

「怪しんでいる風ではなかった」スマホをポケットに入れ、駐車場に続くドアを開けながら振り返る。「優希、車のトランクを開けてくれ。着替えをしたい」

「中沢さんは、橘さんの部屋でお一人で休んでいただいて、橘さんはこっちで私と休むということでどうでしょうか？」

「その方が優希もゆっくり休めるな。こっちはオッサンと添い寝で気持ち悪いが、まあ俺が我慢すればいいだけの話だ」

「お互い様です」速見が腕時計を見る。「それにしても、とんでもない時間外労働になってしまいました。昨夜は息子とゲームをする約束をしていたのですが反故《ほご》になってしまいましたし、帰宅も出来なかったので妻にあらぬ疑いをかけられまして、言い訳が大変でした」

「家族ねえ」橘は腕を組んで、自分が結婚をして家庭を持っているところを想像しようとしたが、うまくいかなかった。この想像はいつも、うまくいかない。

「まあいいか。優希、車は近くに停めておきたいんだろ？」

優希がこくりと頷いた。

「だよな。じゃ、スキンヘッドのポロをこっちに持ってくる」

橘は優希から自分の荷物を受け取ると、自分の部屋の駐車場へと向かった。

ポロを出し、優希がシルビアを入れる。エンジンを停止した優希が車を降りた時、橘も車から降りて優希に歩み寄った。

「お前、確か運び屋もやってたよな」

「はい。それが何か？」

「てことは、車の中にモノを隠すスペースとか作ってるな？」

「別件の依頼ですか？　無理です、この状況だと。現に昨日も別口を一件お断りしていますし――」

「ちょっと来てくれ」橘は返事を待たず、駐車場の中を通って部屋に入った。

ベッドの掛け布団をめくり、付いてきた優希を振り返る。

優希は目を丸くして、手を口に当てた。

「これを車の中に隠してほしい」

ぐいと優希の方に身を乗り出す。優希が後ずさりする。

「速見には言わなかったけど、スキンヘッドが持ってた」

見開かれた優希の目に、動揺が浮かぶ。

「誰にも喋るな。ちゃんと礼はする」

喜茂別町

橘

豚肉、白菜、にんじん、ホタテがたっぷり入った、鶏ガラと豚ガラベースの濃厚なあんをレンゲで分けると、絶妙な具合に炒められた中華麺が顔を出した。立ちのぼって顔に当たる温気が心地よい。

「メシ、頼んでないのか？」

喜茂別の名物、炒麺《チャーメン》の黄色い麺を箸で引っ張り上げながら、橘が優希に訊いた。

「あたしはいいです」

喜茂別の、道の駅ではないが、フードコートや品揃え豊富な土産物屋、野菜の直売店などを擁《よう》し、広い駐車場を備える休憩施設の一角。最近リノベーションを終えたばかりなので、綺麗で気持ちが良い。

橘と優希は窓外の駐車場が見えるテーブル席に陣取り、外で岩瀬たちを待つ速見を見張っていた。二人で来るという岩瀬の言葉が嘘で、実は他の刑事たちが張り込んでいる可能性を考え、待ち合わせ時間の直前まで客を装って店内で過ごすことにしたのだ。

速見の胸ポケットにはペン型の盗聴器が挿されており、橘と優希がそれぞれ片耳に差し込んだイヤホンを通して会話を聴けるようになっている。

太陽が顔を出しており、さほど気温も低くないので、速見は正面出入口を出たところで所在なげに、しかし鋭い目つきを駐車場の入口に向けている。

箸を置いた橘はカウンターに歩き、取り分け用のプラスチックの椀《わん》と割り箸を取ると戻ってきた。

「食える時に食っておいた方がいい」言いながら、炒麺を取り分ける。

本当はその後に『寝られるときに寝ろ』と続くのだが、午前中は優希もそこそこ睡眠をとれたらしく、合流した時のくたびれた感じは消えている。

そして、橘の頼みごとについても肚を決めたのだろう、動揺が消えている。

「いつも橘さんがそう言うので重々承知ですけど、橘さんの分が少なくなりますよ」

優希が椀を受け取った時、橘の目の前に置かれたブザーがけたたましい音を立てて振動した。

「俺、『季節野菜カレー』の大盛り白米抜きも頼んだんだ。サイドディッシュで」ブザーを手に再び立ち上がる。

「じゃ、遠慮なくいただきます」優希が箸を割る。

「焼きうどんサンドも買ってやろうか」

「……はい、お願いします」

炒麺、野菜カレー、焼うどんサンドを黙々と食べながら、二人はそれとなく速見の様子を窺う。

「速見さんはお昼食べたんでしょうか？」優希が箸を止めて訊いた。

「一人で食ったって。『昼食は正午に摂るものです』とかのたまってた。石頭も、あそこまでいくと才能だな」

「じゃあ、よかったです」優希が、熱いあんとの格闘に戻る。

「さっき、食える時に食えって言ったけどな」目の前のものをぺろりと平らげた橘が、ぼそりと言った。「食わない方がいい場合もあるんだ」

外の速見を見ながら、視界の隅で優希が顔を上げるのがわかった。

「何を言ってるんですか？」

「荒事の前とか、な。胃と腸を空にしておいた方がいい場合があるんだよ。弾丸や刃物で腹に穴を開けられた時に、中に食い物が入ってると腹腔にこぼれ出て、腹膜炎を起こすリスクが高まる」

「……食べる前に言ってもらえます？　そういうこと」

「言ったら食わないだろう。もう食い始めたんだから、最後まできちんと食っちまえ。

残すなよ」

にやりと笑って見せると、優希はむっとした顔で続きを食べ始めた。橘に兄弟姉妹はいないが、家族揃っての食事時に兄が妹をからかうのはこんな感じなのだろうか。

「安心しろ。お前の腹に穴は開けさせないよ。切った張ったは俺の役目だ」

「どうして……」ためらいがちに優希が言う。「船越さんと日下部さんはころ……あんな目に遭ったんでしょうか？」

気丈に振舞っていても、やはり神経に負担がかかっているのか、と橘は考えた。早めに終わらせて家に帰してやらないと。

「わからない。俺らを出し抜こうとして仲間割れを起こしたのか、あの中国人たちに裏切られたのか。あと、今朝も言ったように、日下部と船越はグルだったけど船越が中国人を雇って裏切ったのか」

真正面一メートル以内にいる相手以外には聞こえない、特殊な話法で続ける。

「俺にも速見にもわからないし、永久に分からないと思う。俺の経験上、自分が計画立案したことでない限り、起こっていることの全容を知ることなんて出来ない。小説や映画じゃないんだからな」

橘はそう言うと立ち上がり、自分のトレイを返却口に置いて戻ってきた。

「だから、今度は俺たちが計画を立てて、奴らをそれに乗せる」

言い終わると橘は、上着のポケットから取り出したスマートキーを手の中で弄びながら、「先に行く」と外に出る。

目の隅で速見の姿を捉えながら、駐車場の端に停めたポロの運転席に滑り込むと、ホテルから一枚失敬してきた手拭いをバンダナのように頭に巻き付けた。食後に駐車場でひと休みしている建築作業員か何かに見えれば良いのだが。

しばらくすると優希も出てきた。橘の隣、駐車場の出入り口側から見てポロの陰になる位置に停めたシルビアに乗り込む。

落ち着いた様子でハンドルの十時十分の位置に軽く手を添えている優希を見て、本当にあの車が好きなんだなと橘は思った。ここに来る途中に寄ったガソリンスタンドでも優希は、セルフの給油ノズルを片手で握りながら、もう片方の手でシルビアのルーフを撫でるように触っていた。まるで騎手が、草を食《は》む愛馬の背を撫でているような仕草だった。

『来ました』

不意に、イヤホンから速見の声が聞こえた。出入り口に目を戻すと、男が二人乗った白のティアナが駐車場に入ってくると、速見の前で停車した。ナンバーは『わ』、レンタカーだ。

刑事警察や公安警察が、レンタル業者から借り上げた外部の車を捜査に使うことは、実はよくある。

機動力や効率性の観点で、警察捜査において捜査用覆面パトカーを超える展開手段はないと言ってもよい。しかしその反面、ナンバーが割れてしまうと、逆に捜査の足《あし》枷《かせ》になりかねない。

ナンバーが割れていなくても、国費や都道府県警の予算による一斉配備が原因で車種が偏っていたり、ナンバーが連番となっていたりするので、プロの犯罪者やマニアには一発で見破られる。

そこで、警察では民間から借り上げたレンタカーにデジタル警察無線を積み、着脱が容易なユーロアンテナを載せて捜査車両として使用することがある。改造を施すことは出来ないが、ナンバーが割れたら車を換えるだけというメリットは大きい。しかも予算面でも正規の覆面パトカーより優れているので、総務部装備課や所轄の警務課にも歓迎されている。

『乗るんですか？』

イヤホンから速見の声。見ていると速見が後部ドアを開け、乗り込んだ。ティアナがゆっくり走り出し、適当な駐車スペースに入る。

目を凝らして全神経を集中し、車の中にいる人物を瞬時に映像記憶する。

助手席にいるのが岩瀬だった。速見が以前隠し撮りをした写真で見ただけで、実物を見るのは初めてだ。五十がらみの、やや頭髪が後退した、顔だけ見ると気弱なサラリーマンといった風情。しかし、自席で計算機を傍らに帳簿類を隅から隅まで読み込むのが仕事のほとんどを占める二課とはいえ、じっと据わって動かないその目付きは猟犬のそれだ。

ハンドルを握るもう一人の刑事については、速見も情報を持っていない。面長の、どこか山羊《やぎ》を思わせる顔。ぬぼっとした鈍感そうな外見だが、得てしてこういう手合いは融通が利かず、目的を遂げるために短絡的な捜査方法を採りがちだ。

ティアナのエンジンが切られる気配。

『おう、速見。久しぶりだな』

速見のマイクの遠くの方から、刑事のイメージにはあまりそぐわない高い声が聞こえてきた。これが岩瀬の声か。

『ご無沙汰しております。お元気そうで何よりです』いつも通りの、しれっとした速見の口調。

『こちら、一課の深屋《ふかや》警部補』

『深屋さん、よろしくお願いいたします』

速見の挨拶に応える声がない。どうせ、挨拶代わりに軽く顎をしゃくったといったところだろう。

『で、今日はどういったご用件で？　私も忙しいので早めに切り上げたいんですが』

『じゃ、単刀直入に訊く。日下部に何があった？』

聴いている橘の腕に鳥肌が立った。亡骸が、もう見付かったのか。窓越しに優希に目を遣ると、優希も『ヤバい』という顔をしている。

『何があった……とは？　日下部とはもう数年会っていませんが』

『とぼけるなよ』

内にこもった感じの声。これが深屋か。

『倶知安の家で、日下部の遺体が発見された。同じ日に、日下部が行きつけの飲み屋で正体不明の大男が拳銃を持った外国人と立ち回りを演じた。何が起こってる？』

シルビアの優希が、『橘さんのことですよね？』と問いたげに指を差してくる。仕方なく橘は頷いた。

『それから、昨夜遅くに街外れで銃声を聞いたと何件か通報があった。何をやってるんだ？　お前は』

『何故私が関係していると？』速見が訊く。

『近所の人が、日下部の家から妙な三人組に連れ出される二人の男を見てるんだ。不審に思って日下部の家のチャイムを鳴らしても誰も出ない。ドアの鍵が開いていたので中を覗いたら、巻いたマットが転がってる。血がじわじわ流れ出していて、警察が開けてみると、死んだ日下部だったんだよ』

『ですから、それと私に何の関係が？』

『出てった奴らの人相風体を訊いたら、連れ出された二人のうち一人が、速見、お前なんだよ』

『単なる近隣住民の証言ですよね。物的証拠はあるんでしょうか？　防犯カメラに映っているとか——』

『詐欺師の日下部が家にカメラなんか付けるわけないだろう！　てめえ、おちょくってんのか！』

『ああ、そういうものなのですか。すみません、そういった世界には疎くて』

速見はすっとぼけた口調で軽くいなす。面の皮が厚いということもあるが、刑事というものは決して感情的になることはなく、怒ったふりをするべき時に怒ったふりをするだけで、その怒鳴り方などのノウハウを速見も熟知しているのだ。

『深屋さん、まあ落ち着いて』

岩瀬の声に、少し遠慮が混じっている気がした。同じ刑事部でも現場では、花形の一課と比較的地味な二課では格差があるのかもしれない。

『日下部の家の前に乗り捨てられてた車は、レンタカーだった』と岩瀬。『調べたら借主は札幌の船越敏雄じゃないか。あの半端者のジジイが何で絡んでるんだ？』

『借り主がその方だという証拠は？』

『レンタカー屋の防犯カメラに映ってたんだよ』

船越は偽造免許証を使ったので、おや、と橘は思ったが、そういうことかと納得した。速見ならとぼけ通すだろう。

『単なるそっくりさんでは？　そもそも札幌に、フナコシなんていう知り合いはいません』

『……速見、お前の車はどれだ？』

深屋は少し黙り込んだ後、周囲に停められた車を指差しながら訊いた。橘は、向こうから見えないように身体を低くする。

『何故でしょうか？』

『お前に、本部に来てもらう。もっと訊きたいことがあるからな』

『速見、お前の車、おれが運転して付いて行くから、どれか教えてくれ』

『知人に乗せてきてもらいましたので。この後連絡をして、迎えに来てもらうことになっています。そろそろ――』

『じゃあ、なおさら都合がいい。このまま道警本部まで行くぞ』

『任意同行ですよね。拒否します』

ドアを開ける音。ティアナを見ると、速見が後部座席から降り立った直後に運転席側と助手席側のドアも開き、刑事たちも降り立った。

『おい、どこ行くんだ?』

『皆さんには関係ありません。そこをどいて下さい』

速見の目の前に立ちはだかる深屋。さすがに上背がある。

『深屋さん、ここはちょっと――』

『ちょっと何だよ。話、聞かなきゃならんだろうが。速見の肩、持つのか?』

岩瀬がお手上げとばかりに両手を上げる。『速見、ここは深屋さんの言う通り、一緒に――』

『お断りします』

速見が深屋の横を強引に通ろうとする。速見の肩が深屋を押しのけた途端、深屋が派手に地面に倒れる。すぐに起き上がると速見の右手を捻り上げ、腰のケースから手錠を取り出した。

『暴行傷害と公務執行妨害の現行犯で緊急逮捕する。岩瀬、時間とってくれ』

『深屋さん、これは……』

『いいから時間とれよ! 何だ、てめえ。速見と何かあんのか?』

抗議を引っ込めた岩瀬が腕時計を見て、現在時刻を読み上げる。

ガチの〝転び公妨〟か。橘は半ば感動しながらその様子を見守っていた。昔は刑事捜査でも公安捜査でも時々行われていたと聞くが、コンプライアンスにうるさいご時世に、実際にやっているところを見ることが出来たのはラッキーだった。

優希はそう思っていないらしく、両手を口に当てて目を丸くしている。

身体の前で手錠を掛けられた速見は、さっと顔を伏せると大人しく車の後部座席に押し込まれた。異変に気付いた周囲の人たちが、スマホを取り出し始めたのだ。他人のトラブルや不幸ほど、SNS映えするものはない。

速見に続いて岩瀬が後部座席に、運転席に深屋が収まり、エンジンがかかる。橘と優希もエンジンをかけてパーキングブレーキを解除し、いつでも出せる態勢を取る。

橘は、ホテルを出る前に借りた速見のスマホをスピーカーモードにして優希に掛ける。

「このまま繋ぎっぱなしにするぞ」

『了解』

「それにしても、手間のかかるオッサンだよ」

ティアナが駐車場を出る。少し間を置き橘が、続いて優希が道路に出た。

道警本部は札幌市内。ここからだと、すぐ目の前を走る国道230号に乗るのが一番早い。

案の定、駐車場を出たティアナは国道を右折し、国道を東へ向かう。道路がまっすぐで見晴らしがいいので、橘と優希はティアナからかなり距離を置き、尾行に気付かせないよう、前後の順を時折入れ替えながら追う。

三階建て以上の建物をほとんど見かけない、薄く引き延ばしたような市街地はあっという間に終わり、家と家の間隔がどんどん広くなってきたと思うと、いつの間にか左右の景色は農地と林だけになっている。

ティアナの車内は静まり返っており、時折警察無線の音が遠くに聞こえる。

「優希、もうすぐしたら左側にラーメン屋が見えてくる」ポロに備え付けられたカーナビの画面を見た橘がスマホに言う。「その後、ドライブインの手前で橋を渡ると、側道というか、喜茂別川を挟んで国道と並行に走る細い道がある。それに乗って、ティアナの先に出てくれ」

『国道には戻るんですか？』

「その道自体が、国道にぶつかるところで終わりになる。橋を渡って国道に戻ったらそのまま札幌方面に進んで、最初に見付けた待避所なり休憩所なりで待機してくれ」

『橘さんはどうするんですか？』

橘が計画を説明している間にラーメン店を通り過ぎ、数分後にはドライブインが見えてきた。カーナビに『ドライブイン』とあるのでそれらしき建物を探していたのだがどうもイメージと違い、二階建ての民家の一階に南米あたりの露店が出来たような趣の店だった。

「電話、切るぞ。後で掛け直す」

『了解。では後ほど』

通話が切れ、バックミラーの中で、橘の後ろに付いていたシルビアが右折する。

橘はポロを路肩に停めると、それまで着ていたポケットの多い軽量ジャケットを脱いで助手席の床に置き、後部座席に用意していたアーミージャケットを着込む。スキンヘッドの男が着ていたものだ。さらにポケットから不織布のマスクを取り出して着け、軍用サングラスをかける。

車を車道に出し、スピードを八〇キロまで上げた。

前方にティアナの姿が徐々に見え始める。

右側の川向こうの道路には、シルビアが林越しに見え隠れしている。やがてシルビアは速度を上げると、あっという間に見えなくなった。

ドライブインを越えてしばらく走ると、道幅が広くなってくる。橘の考えを実行に移すには良いと思われた。そこから先はカーブが多くなるので、他の車に被害が及ぶかもしれない。

橘はさらにスピードを上げ、ティアナに近づいていく。ティアナのバックミラー越しに、速見と目が合った気がした。

運転席の深屋がポロに気付いたようで、煽られていると思ったのか、苛立ちと緊張がその顔に走るのがわかった。そのままティアナを追い上げると、深屋がスピードを落として車を左に寄せ、ハザードランプを点けた。追い越せというサインだ。

スピードを落としたタイミングで、橘はポロのフロントバンパーの左側をティアナの右側、後輪からバンパーの間のクォーターパネル部に密着させる。そのままゆっくりとハンドルを左側に切った。

後輪が左に流れ始めたことを知った深屋はハンドル操作で立て直そうとするが、それは不可能だった。たちまちティアナは車道に対して横向きになり、白煙とタイヤのきしむ音と共にスピンを始める。スピンしながら対向車線を越えて砂利道に入り込むと、右フェンダーを電柱にぶつけてティアナは動きを止めた。

橘が行ったのは、アメリカ合衆国で警察が採用している『ピット・マニューバ』と呼ばれる技術で、暴走する逃走車をスピンさせて止めるために使われている。

日本では、道路事情による二次的被害の可能性があり、法律と技術訓練制度の整備が必要になるため、まず導入されることはないと言われている。アメリカ合衆国でも無闇に行なわれているわけではなく、定められた訓練を受けて資格を取得した警察官が、指示を受けた場合にのみ様々な法的条件の下で実行している、危険な技なのだ。

砂利道に乗り込んでポロを停めた橘はエンジンを切らずに外に出ると、腰の後ろから92式拳銃を引き抜き、ティアナへ走った。

運転席と助手席ではエアバッグが作動しており、しぼんだ白いエアバッグがハンドル中央と助手席側インストルメントパネルから垂れている。

数秒の間、ぼうっとした目付きで橘を見ていた深屋が、我に返ったのだろう、もどかし気にシートベルトを外すと右手を腰のベルトのあたりにやりながら、ドアを開けようとする。

「Stay in the car!」

開きかけたドアを右足で蹴り閉めた橘はそう怒鳴ると、銃口を下に向けて右前輪と右後輪を撃つ。乾いた銃声が辺りに響き渡り、林から鳥の群れが飛び立つ。タイヤから空気が急激に漏れ出す音。

銃口を深屋に向け、後部座席の速見を、手のひらを上にして手招きする。

「You, come with me」

身体の前で手錠を掛けられたままの速見がドアを開けて地面に降り立つ。

深屋がまたドアを開けようとしたので、橘はサイドウィンドウから深屋をかすめてフロントウィンドウに抜ける角度で一発撃つ。深屋の動きが止まった。

深屋の右手がまた腰に回ったのが気になるが、携行しているのは銃ではなく警棒だと思われた。たとえ銃を持っているにしても、それほど心配はしていない。この姿勢だと警察官の射撃態勢が取れない。そもそも警察官は、『警察官等拳銃使用及び取扱い規範』に従って射撃の予告をし、例外はあるものの、威嚇射撃をしてからでないと相手を撃つことが出来ない。

橘は速見の背中に回り、深屋に銃口を向けたままポロに向かって後ずさりをする。意図を察した速見も演技に付き合い、恐怖心に抗えないという表情で一緒に後ずさりをしていた。

「おい、やめろ」

後部座席のドアが開き、岩瀬が転がるように車から出てきた。橘が銃口を向けるがひるむことなく、こちらに駆けてくる。

「演技だよな?」速見の耳元で囁くように訊く。

「演技です」苦痛をこらえる演技の中、食いしばった歯の間から速見が囁き返す。

チャンスとばかりに深屋が車外に出ようとするのをさらに一発撃って動きを止め、速見の後襟を摑んで後ろに下がらせると、岩瀬を迎え打つ。

それにしても、服の趣味が悪い男だな、と橘は関係ないところで呆れた。蝶柄《ちょうがら》シャツの上にチェック柄のスーツ。パンツを思い切り上に引き上げて、臍《へそ》の上できつくベルトを締めている。

勇敢に橘に立ち向かい、銃をもぎ取ろうとする岩瀬の演技に、心の中で溜息を吐きながらも少し付き合ってやる。岩瀬がアーミージャケットのポケットに何か小さなものを突っ込んだのを感じた直後、銃のグリップで側頭部を強《したた》かに打ちすえる——ふりをした。

岩瀬がよろめき、それでもすがりつこうとする。馬鹿。もういい、やめろ。

ティアナの方を見ると、深屋が無線を使っているのが見えた。

まずい。苛立った橘は右手の人差し指を伸ばしてトリガーガードに掛けると一発だけ、若干手加減をした裏拳を岩瀬の頬に見舞った。

岩瀬が一瞬くらりとしたところで、どうしてよいかわからずおろおろするふりをしていた速見をポロの後部座席に押し込む。そして運転席に飛び乗るとパーキングブレーキを解除し、アクセルを床まで踏み込んだ。

ポロが、札幌方面に疾駆する。

「優希に電話して、どこにいるか訊いてくれ」

「ケータイ、返してもらえませんか」

速見に、スマホを放り投げる。

そういえば——橘はアーミージャケットの左ポケットを探った。思った通り、岩瀬が突っ込んだのは手錠のキーだった。それも、後部座席の速見に放る。

優希は、そこから五分ほど走ったところの脇道の奥で待っていた。舗装されていないその山道に入り、車同士がすれ違う時に使う待避所でポロを捨てる。手拭いやセーム革で車内を清掃し、アーミージャケットを脱ぐと運転席のシートに置く。

スマートキーは速見が預かった。

「札幌市街地は避けて、この先で道道1号に乗ろう」ポロのリアを回り込み、助手席側で自分のジャケットを着ながら、橘は提案した。

「冬季夜間通行止めの開始時間はまだですよね」優希が記憶をたどるように、視線を宙に泳がせた。

「夜間通行止めそのものが、先週解除されています」速見がスマホで確認する。

「このルートだと小樽まで一時間くらいか」シルビアにカーナビは搭載されていないので、橘がスマホのナビゲーションアプリでルート検索をした。「法定速度を超えないようにな」

速見を後部席に座らせ、助手席に座った橘は、スキンヘッドのスマホを取り出して電源を入れた。

朝里《あさり》峠近辺

橘

朝里峠沢川《さわがわ》に沿って道道1号を北上するにつれ、陽がどんどん落ちてくる。日の入りまであと二十二分。橘が腕時計に目を遣った時、スキンヘッドのスマホが振動した。郭からだ。

「喂」囁き声で出る。

『何度掛けさせるんだ？』

電源をオフにしている間に何度も掛けてきたらしい。

『またヒソヒソ声か、何をやってるんだ？』

「そのタイミングにいつもあんたが電話するんだから仕方ないだろう。予定は変わらず、小樽フェリーターミナル。駐車場に着いたら、どちらか一人がカウンターでチケットを買ってくれ。おれはそこで合流する」

『ネットで買えねえのかよ』

「証拠を残したくないから、現金で」

『わかった』

後で会おうと言って通話を切る。

「うまくいきますかね」速見が後部座席から訊く。

「うまくいく。うまくいかせなきゃ俺ら全員が破滅するんだから、失敗するっていう選択肢がないんだよ」

姜

「徐の野郎、本当にあいつらを尾行していると思うか?」電話を切った郭が不意に訊いた。「あいつらに捕まってるかもしれねえと思うんだよ。見てみろ」

郭がスマートフォンを見せてくる。位置情報共有アプリのマップに、徐を示すドットが表示されていた。

「追っても追っても、徐のポロが見当たらねえ。拉致されてあいつらの車に押し込まれてるのかもしれねえな」

「それか、スマホを盗まれたか。どっちにしても、船越が言ってたダークグレーの車を探せ。あと、その周りにいる車も確認しておいた方がいい」

姜はそう言うと、スピードを上げた。

橘

シルビアの動線が対向車線に膨らみ、ぐんとスピードを上げて、前方をのろのろ走るワンボックスカーを追い抜く。

「おい、小樽までは安全運転で走ってくれよ」橘が注意する。

「前の車が遅すぎたんです。あんな速度だとかえって注意を惹きます。運転はあたしに任せて、〝積み荷〟は黙っていて下さい」

「……わかったよ」

橘は大人しく引っ込んだ。運転している時の優希には、逆らわない方がいい。

速見がいやに静かだなと思って背後をちらりと見てみると、後部座席の上で居心地悪そうに座る姿勢を変えている。後部座席のシートが薄いので、尻が痛いのだろう。

しばらく走っているうちに、片側交互通行規制の作業員が振る旗が見えてきたので優希がスピードを落とす。

「ミラー、こっちに向けるぞ」

シルビアが停まった時、橘がルームミラーを自分の方に向けて後方の車を観察する。あくまで念の為の確認だった。

セダンやツーボックスカーなどの一般車が何台かで列となり、車線が開くのを待っている。

後方、道路が少しカーブしているところで、列の最後に着いた白いカローラを見た途端、ざわりと鳥肌が立った。

「どうかしましたか？」

橘の身体が強張ったのがわかったのか、速見が後部座席から声を掛ける。

「いや……姜と郭が乗っていたのと同じ車が、三台後ろにいる」

「車種は？」優希がバックミラーを自分に向けながら訊く。

「白のカローラ」

「よくある車種と色ですね。乗っている人の顔が見えますか？」

「見えない」「見えません」橘と優希が同時に答える。夕闇の暗さで、車内が全く見えないのだ。

対向車線の車が通り終わり、誘導されてシルビアが動き始める。

「元の車線に戻ったら、スピードを上げてくれ」

優希は黙って頷くと、バックミラーを気にしながらシルビアを進める。

片側交互通行が終わって元の車線に戻った途端に優希がギアチェンジをしてアクセルを踏み込み、橘の身体にGがかかった。朝里峠沢川と分かれる形で朝里峠トンネルを抜け、右股沢川《みぎまた》に向かう緩やかな左カーブに差し掛かる。

「追い上げてきています」

優希が言った。橘と速見が身体を捻って後方を見る。カローラは、その前にいる車を次々と追い越してきている。対向車線にはみ出た時に追い越す車とスピードを合わせ、車の中にいる者を確認しているようだった。

すぐ後ろにいる車を追い越したカローラが、シルビアに近づいてくる。

「優希、ちょっとだけスピードを落としてくれ」

シルビアのすぐ後ろに来たカローラの運転席と助手席にいる二人は、姜と郭に間違いなかった。向こうも橘と速見の顔を見とめたらしく、こちらを指差して興奮気味で何か言っている。

「やっぱり、あいつらだ」

橘が言った途端、優希は再び加速する。

朝里天狗《てんぐ》覆道を通り抜け、湾曲しながら右股沢川にかかる秋紅《しゅうこう》橋の上を、優希は二車線を使ったドリフトでスピードを全く落とさず駆け抜けた。すぐに現れる朝里屏風《びょうぶ》覆道をくぐり終える時には、カローラとの距離はだいぶ空いていた。道道はその後二回湾曲し、右股沢川に沿ってしばらくの間、直線が続く。

優希がルームミラーをちらりと見て舌打ちをしたので、また後ろを見る。狂ったようなスピードでカローラが追い上げてきていた。威嚇するように車間距離を空けたり詰めたりし始める。

「何故、我々の居場所がわかったんでしょうか」後部座席で振り回されるのに閉口した速見が、シートベルトを締めながら言った。

「きっとこいつだ」

橘はスキンヘッドのスマホを取り出すとシートベルトを外した。ウィンドウを開けて身を乗り出すと、迫ってきたカローラに向けて力任せに投げる。驚いたカローラが対向車線に寄ってそれを避けた。

「GPSアプリで位置を特定されましたか」

「最近のは性能がすごいからな。さっき電話で話した後、オフにしときゃよかった」

「ともかく、計画は進めましょう。中沢さん、まいて下さい」

「簡単に言わないで下さい」

「この先にワインディングがあるようです」スマホの地図アプリを立ち上げた速見が冷静な口調で続ける「急カーブが四つあります」

「わかりました。シートベルトを確認して窓を全開にして下さい」優希はそう言うと、運転席側のウィンドウを全開にする。全身から闘気を発散させていた。

カローラに挑発されながら、ワインディングロードに差し掛かる。地図アプリの通り、急カーブが連続して現れた。優希はドリフトで次々クリアしていく。遠心力で右に左に身体をゆすぶられながら後ろを見ると、各カーブで極端に減速せざるを得ないカローラとは再び、大きく距離が開いていた。

その時、耳をつんざくホーン音が前から聞こえる。最後の右カーブを抜け切る寸前に対向車線に現れた車が、突如目の前に現れたシルビアに仰天したのだ。

橘の身体が強張り、一瞬、事故を覚悟する。しかし優希はひるむことなく、まるでそんな車など存在しないかのようにカーブを抜け、相手の車の鼻先数センチをかすめて走行車線にシルビアを戻した。相手のホーン音が、ドップラー効果を残して走り去る。

「危なかったぞ、今の」我慢できずに橘が言う。後部座席を振り返ると、速見も真っ青な顔で、落ちた眼鏡を手探りで探していた。

「ちゃんと見て、計算していましたから」肩で息をしながら優希が言い返す。

「息、切らしてるじゃねえか」

「ドリフトの間は息を止めるんです」

「……で」気を取り直した速見がウィンドウを閉めながら声を掛ける。「このまま小樽まで直行しますか」

「いや、また追い上げてくるだろうし、市街地に入ったらさっきみたいなことは出来ねえ。ここで一旦足止めして時間を稼ごう」

「ではどうしますか？」

「二手に分かれよう。俺が車を降りてあいつらを攪乱するから、先に行って準備を進めておいてくれ」

「降りるって、どこで？」優希が口を挟んだ。「こんなところで降りても奴らの車は止められませんよ。轢《ひ》かれておしまいです」

「あそこだ」

橘は左側を指差した。その先には、湖。道道1号と並走する川は、この辺りまで来ると朝里川と名前を変える。その朝里川の途中にあるオタルナイ湖。さらにここには朝里ダムがある。

「道路から見える建物を探そう。そこにあいつらをおびき寄せて、俺は一人で離脱して小樽で落ち合う。かなり時間を稼げるぞ」

「車なしでどうやって小樽まで行くんですか？」

「それはその時に考える」

湖を左に見ながら走る。陽はとっぷりと暮れており、行き交う車はほとんどない。

朝里ダム記念館を通り越したところに、何の看板も出ていない建物が集まるエリアがあった。何かの貯蔵庫のようだ。外照灯を壁に備え付けた、小さな体育館のような建物と、それに向かい合う小ぶりの建物。
　道から引っ込んだところに駐車場があるのでそこで降ろしてもらい、走り去るシルビアを見送る。
　駐車場入り口の電灯の下に立ち、道路から見える位置を意識して立つ。
　一分もしないうちに、カローラの姿が見えた。少しわざとらしいかとも思ったが、
少しの間、橘はカローラに気付かないふりをする。橘を見とめたカローラが急ブレー
キをかけた時に、「しまった」という表情を作って奥の建物に走った。
　二棟ある建物を繋ぐ太いパイプの下を門のようにくぐって先に行くと、レンガ造り
の古い三角屋根の建物がある。従業員は仕事を終えて帰ったのか、それとも常駐して
いないのか、人の気配は全く感じられず、建物の中から光も漏れていない。
　追って来るカローラのヘッドライトが、猛獣の両目のように見える。
　どう誤誘導するか、どう時間を稼ぐかを考える。
　とにかく、敷地内を車に追われてちょろちょろ逃げ続けるのは体力の無駄遣いなの
で、屋内に入ろう。
　右側の体育館のような建物のシャッターは完全に下りている。左側の建物に向かい、
手近な鉄扉に取り付いて把手《とって》を引っ張った。が、扉はびくともしない。小声で悪態を
吐いて、少し先にある別の扉に手を掛ける。こちらも動かない。そうこうしているう

ちに、カローラのエンジン音とヘッドライトがどんどん近づいてくる。

橘は身を低くするとオタルナイ湖の方向に駆け出す。太いパイプの下を門のようにくぐった先の、三角屋根のレンガ造りの建物に向かった。

その時、その建物に橘の影を作るマズルフラッシュと銃声。塀を削った弾丸が跳弾となって橘の脇をかすめた。姜か郭かわからないが、サイドウィンドウから手を出して撃ったようだ。

さらに走り続ける。

時間がない。もし警備員がいれば、すぐに警察に通報される。

腰から92式拳銃を抜き出し、走りながら振り向く。カローラは停止しており、ヘッドライトを背にした郭と思しい男が橘を追ってきていた。じきにカローラが方向を変えてじりじりと動き始める。狙い通り、シルビアがこの敷地に逃げ込んだと思っている。いもしないシルビアを探して敷地内をぐるぐる回り、バターにでもなればいい。

銃声。数メートル先の地面に土煙が立つ。橘は銃をでたらめに二発撃った。当然ながら郭には当たらなかったが、その足を一瞬止めることはできた。手持ちの弾は薬室に一発、マガジンに十二発。加えて予備のマガジンに二十発あるが、ばらまくような撃ち方はできない。

人目に付かない屋内に誘い込みたい。たどり着いたレンガの建物の中に誰もいないことを祈りつつ橘は、鋼鉄製のドアのノブを引いた。蝶番が錆《さ》びきったそのドアは、軋《きし》みながらもあっさりと開く。

中へと走り込んだ。電灯は点いておらず暗闇だが、外から吹き込む風に回転する換気扇の羽の間から微かに漏れ入ってくる外照灯の光のおかげで、数歩歩くうちにうっすらと周囲の様子がわかるくらいには目が慣れてきた。この建物は使われていないらしく、ところどころに柱があり、壁際に什器《じゅうき》が残っている以外はもぬけの殻のようで、はっきりと感じ取れるくらい空気が淀んでいる。

天井のトタンが剝がれかけ、それが湖から吹き付ける風で動いているのだろう、ばたんばたんと耳障りな音が響き渡っている。無数の幽霊がこの建物の中で永遠に働き続けているような不気味さを感じた。

橘は対角線上の壁を目指して走った。別ルートの脱出口を確保しておきたい。ドアを開けて駆け込む郭の足音が聞こえた。耳をつんざく銃声と、室内を一瞬照らし出すマズルフラッシュ。郭の銃は、小型のリボルバーだった。

反対側の壁にようやく突き当たったが出入り口はなく、カバーが掛けられた什器の奥に古びたガラス窓が並んでいるだけだった。

橘は鋼鉄の柱に身を隠すと、右側から銃を持った右手と顔を突き出した。郭の姿は見えないが、駆けて来る足音の方向から見当をつけてトリガーを引く。一発。一瞬だけ郭の姿が見えた。壁に備え付けられたキャットウォークの陰に滑り込んだようだった。

その方向から連続射撃を浴びせられ、橘は柱の陰で身を竦めた。跳弾を警戒して身を低くし、反撃の様子を窺う。周囲にはレンガが砕けた粉と硝煙の匂いが立ちこめ、こんな時だが、たまらずくしゃみをした。橘の背後で什器とカバーにいくつも穴が穿《うが》たれる音と、窓ガラスが砕け散る音。

郭の銃撃が途絶えた。リボルバーのシリンダーが開き、空薬莢が床に落ちる音と、素早いリロードの音。かなり銃を扱い慣れている。

早くケリを付けなければ。橘は左側にある別の柱を目指して走った。郭が反応する。また何発もの銃声が響き、橘の走った後を弾着が追う。左側の柱の陰に滑り込んだ。ここだと郭からは死角になる。しかしこちらからも向こうが見えないという難点もある。

銃声と足音、そしてけたたましく響き続ける金属音の間を縫って、何かがピンと弾ける音がした。まさか――橘は左手に銃を持ち替えると、今度は柱の左側から銃と手を付き出した。

一瞬、目を疑う。郭は立ち上がって、腕を大きく振りかぶり何かをこちらに向けて投げようとしている。スプレー缶のような形状と大きさのもの。

瞬間的に、橘の中でもう一人の自分が「腹いせに空き瓶でも投げつけようとしているのに違いない」と言って聞かせようとしたが、そんなわけはないと打ち消した。陸自やアメリカ軍で採用されており、橘も使い方を熟知しているMK3手榴弾《しゆりゆうだん》。こいつら、こんなものまで持っているのか。

身体が反射的に動いた。橘はもう半歩左に動き、頭の位置を下げて銃を両手把持すると郭のシルエットに向けて連射する。

遅かった。郭が奥の柱の陰に飛び込む。郭の手を離れ、空中でレバーが解放された手榴弾がコンクリートの床に落ちる重い音。橘は思考を全て一時停止し、勝手に動く身体に全てを託した。ガラスが砕け散った窓に向かって駆け出し、太腿《ふともも》あたりの高さの窓枠の外をめがけて、肩から転がるように外に飛び出す。地面に肩を打ちつけ、一瞬肺の中の空気が全部出きったが、構わず今自分が飛び出した窓の方向に転がり戻るとそのまま床に伏せ、両手で耳を覆うと口を大きく開けて大声を出す。これで、爆発音から鼓膜を守ることが出来る。

自分の大声など遥かに超える爆音と、身体中の皮膚を震わせる衝撃。建物自体が振動するのが感じられた。一瞬後に降り掛かってくる夥《おびただ》しい量の土埃。ショックで頭がぼうっとするが、自分自身を鼓舞して立ち上がる。

もはやここは戦場だ。そして敵は、とてつもなく血の気が多い。

頭を一振りして埃を落とし、目をこすって視界を確保する。脇に転がっている拳銃を拾い上げるとふらつく足で、それでも何とか駆けていると言えなくもない速度で橘は建物の外側を迂回《うかい》した。どこかに身を隠さなければ。

郭と、すぐそこにいるはずのカローラを警戒しながら、道道に向けて走る。

まずい。駐車場の脇に、作業服を着た中年男性が立っていた。恐る恐るといった様子で、こちらを窺っている。

「逃げて下さい！」拳銃を握る手を背中に回した橘は、男性に駆け寄りながら声を掛けた。「爆発事故です！」

土埃まみれの橘を見てぎょっとしたその男が、驚いた表情で後ずさる。

「説明している暇はありません！　とにかく早く離れて！」

男が泡をくって駐車場に停めた車に駆け出す。

追いかけて、一緒に乗せてくれと頼もうとした時、背中に銃口を感じた。

「站住！　否則開槍了！」（止まれ。でないと撃つ）

息を切らせた郭の声。それに続き、郭の後ろで急ブレーキの音と、背中を照らすヘッドライト。

橘は両手を上げて、身体ごとゆっくりと後ろを向いた。

「金はどこだ？」

「さあな。俺が持ってるかもしれないし、仲間が持っているかもしれない。どっちにしても、すぐに警察と消防が来るぞ」

普通話で返すと、郭が驚いた顔をした。

「中国語、喋れるのか」

「ああ。だが、今気にすることか？　早く金を探せよ」焦燥感に、足の付け根がうずうずする。

「銃をおれに渡して、一緒に来い」銃口が上がり、橘の顔面に向けられる。

「わかったよ」

郭が握っているのは、軽量小型リボルバーのスタームルガーLCR。左手で銃を、右手で手首を打ち据えれば銃を弾き飛ばすことが――。

いや、ちょっと待て。目の前の男が誰なのか思い出せない。自分の命が危機にさらされていることはわかるが、俺は今、何をしているんだ？

覚えのある感覚。無数の記憶が猛烈な勢いで剝がれ始める。

おい、まさか――こんな時に――。

目の前の男が、不思議そうな顔をする。

お前は誰だ。俺は何をしている。

教えてくれ。

不安にかられ、男にすがり付こうとした時、男の拳銃が轟音《ごうおん》と共に火を噴いた。

同時に、左胸に鋭い衝撃。やがてその部分が急激に冷えていく感覚。周囲の風景が回転し、背中から倒れる。

何をやっているんだ？　俺は。

息が出来なくなり、目の前が暗くなるが、夜空の暗さなのか自分の視界に異変が起きたのか判別が付かない。

虚無が、手を伸ばせば届きそうなところまで迫っていた。

小樽市

姜

一体どうしたんだ？　あいつは。

ヘッドライトの光の中、フロンドウィンドウ越しに見た橘の姿は、これまでの行動と比べて理解に苦しむものだった。

挑発的な表情を郭に向けて一歩踏み出そうとする。やばい。姜が拳銃を取り出そうとした時、橘の動きが止まった。その顔に浮かぶ、戸惑ったような表情。郭の顔から視線を逸らして周囲を見回すその目に、恐慌が浮かぶ。

ふらふらと郭に歩み寄り、すがり付くように郭に手を伸ばした時、郭が発砲した。

橘は膝からかくんと崩れ落ちると、身体を捻りながら仰向けに倒れる。

「何があった⁉」車のドアを開けて一歩踏み出し、郭に声を掛ける。

郭も困惑の表情を浮かべ、「わからん。何をしようとしたんだ？　この男は」

銃を構えながら慎重に橘に歩み寄る。橘は暗い地面に倒れたまま、微動だにしない。

「トランクに入れよう。早くしないと警察が来る」郭が慌てた様子で言う。

「亡骸が一体、もう入っている。こんな大男を入れるスペースなんてない」

「だったら後部座席に――」

姜は怒鳴り出したいのをこらえて言う。「後部座席に亡骸を乗せて、公道を走れというのか」

郭が黙り込んだ。

「それに、他の連中を追わなきゃならないだろう。死人に用はない。いや、ちょっと待てよ――」

姜は上着のポケットをまさぐると、手榴弾を取り出した。郭が使ったものと同じ、MK3。

上着の裾で自分の指紋を拭い、橘の左手に握らせる。「さっきの爆発は、こいつがやったことにしよう」

「おい、本土から持ってくるのが大変だったんだぞ、それ」郭が文句を言う。

「武器の使い方は一つだけじゃない。警察の捜査をこれで攪乱させることが出来れば、立派な使い道の一つだ」

車を出し、砂利を踏み鳴らしながら道路に戻る。

姜は深呼吸をして気持ちを落ち着かせ、郭に言った。「あの状況で、よく心臓の位置に命中させたな」

「そのために、反動の小さいこの銃を愛用してるんだ」少し得意気な顔で、郭はスタームルガーをポケットに戻す。「しかし、死なせるには惜しい男だったな。味方に引き入れたら、あの戦闘能力はかなり役に立つ」窓越しに振り返った郭が言った。

「それにしても、奴の最後のあの動きは何だったのかな」首をかしげ、ハンドルを操りながら腕時計を見る。十九時前。

「徐はあいつらの車にいたか？」

「見えなかった。橘が投げたのは徐のスマホだな」郭が自分のスマホを取り出した。

「どこからも着信がない。くそ……小樽に行くしかないか。フェリー、何時発だったっけ？」

「二十三時三十分。トランクの亡骸を始末する時間はある」

「どこで？」

「探せよ！　ここにあるのは何だ？」カーナビを指差す。「お前が右手に握っているものは何だ？」スマホを指差す。郭の馬鹿さ加減だけでなく、声や立ち居振舞いまでが鼻につき始めてきた。

「おい、おれにそんな口のきき方を――」

「文句は後でいくらでも聞く。今はとにかく、死体を始末出来る場所を探してくれ。トランクに積んだままで、フェリーになんか乗れるか」

言い争いながら場所を検討する。ここからなら、山の中で亡骸の捨て場所を探してうろうろするより、海に出る方が早い。

「市街地は避けるぞ。あと、札幌に近づくのも危ない」

「ここはどうだ？」

郭がスマホの画面を向ける。小樽の市街地から岬を挟んだ反対側にある海水浴場。

「アクセスは？」

郭が慌ててルート検索をする。背を丸めたその姿を見ているだけで苛立ってくる。その海水浴場までの所要時間はおよそ三十分とのことだった。この時期に人がいるとは考えられないので、悪くない選択だ。警察署の管轄も変わるだろうから有難い。広範囲にまたがるほど、警察捜査が手間取る。

カーナビに従って道道９５６号に乗り、ひたすら西に向かう。

道道９５６号のいわば突き当りが、その海水浴場だった。海岸沿いの道に入ると案の定真っ暗で、人の気配も全くない。車一台が通れるくらいのアスファルト道路が走っており、低層の住宅が道のすぐそばまで迫っている。

左側に見えていた海岸がやがて遠くなり、左側にも小さな家が見え始めてきた。

「おい、戻った方がいいんじゃないか」郭が身体ごと後ろを向く。「どんどん海から離れていくぞ」

「道道の近くには停められない。このままもう少し行って、海に抜けられるところを見付ける」

言うやいなや姜は急ブレーキを踏んだ。

「何だよ！」

郭の大声を無視してバックし、今見たものを再確認する。

小さな建物と建物の間にある、ちょっとした駐車場くらいのスペース。片隅に小さなバス停留所の標識板が立っている。ここはバスが転回する場所だろうか。

まあそんなことはどうでもいい。大事なのは、このスペースの後ろが海に抜けているということだ。姜は奥まで乗り入れるとエンジンを切り、ヘッドライトを消した。

車を降り、スペースの端から海を見下ろす。暗くてよく分からないが、遠浅ではなく、数メートルの深さはありそうだった。

郭と二人がかりでトランクから運び出した亡骸を、それを包む車体カバーごと海に流す。

「潮が持っていってくれればいいんだけどな」郭が能天気な言葉を漏らした。

「よほど沖で流さないと、すぐに浜辺に打ち上げられる。これはただの時間稼ぎだ」

血まみれのタオルも一緒に海に流し、後部座席に載せていた自分たちの荷物をトランクに移し、小樽へと車を向けた。

小樽の市街地に向かって国道5号を進む。車内の会話は少なく、ぴりぴりしながらもどこか白けた空気が詰まっているような感じがする。

道道17号から橋を渡って港に向かう道に入ると、いかにも大規模な港の倉庫街といった風情のエリアになる。歩いている人を全く見かけない、実用一点張りの愛想のない風景。

街灯に照らし出された道路を走っているうちに、遠くの方にライトアップされた巨大なアーチ状の建物が見え始める。

「あれだ」スマホでフェリーターミナルを検索していた郭が、遠くを指差す。

倉庫や物流施設の前を通り過ぎる。

それらの建物の多くは、広大な駐車場やトラックヤードを擁している。

荷物の積み下ろしの時間を待っているのか、駐車場に停まったトラックのうち何台かは運転席にドライバーが座っており、暗い車内で白い不織布のマスクが浮かび上がって見えた。

「そういや、日本にはまだまだマスクを着けている奴が多いな。そんなにマスクが好きなのか？　あいつらは」

「大半は、着けたいから着けているんじゃなくて、外したくても外せないんだよ」

「窮屈な国だな」

少しの間、沈黙が降りる。

「なあ」郭が口を開いた。「おれたち、日本の警察に捕まったら死刑だよな？」

「そうでもないぞ」ゆっくりと車を走らせながら姜は応えた。「日本では、外国人は滅多に死刑にならないんだ。何年か前にも、小学生を含む何人かを殺して現行犯逮捕された外国人がいたけど、無期懲役判決だ」

「何で？」

「おれが思うに、日本の政府は、外国人の死刑を執行して海外から非難されるのが怖いんだよ。世界中で死刑制度廃止の傾向が強まっているからな」

「それじゃ外圧じゃねえか。『こっちは独立国なんだから口を出すな』って何故言わないんだ？」

「わからん。まあ、今言った殺人犯に関しては、犯行時に心神喪失でどうのこうのという理由もあったけど」

「人をぶっ殺す奴は、たとえその瞬間だけでも、狂ってるもんだ。おれだって自分でそう感じるよ。平常心で目の前の人間を殺せる奴なんて滅多にいねえぞ」

「本物のサイコキラーくらいだな」

「日本で死刑は廃止しないのか？」

「当分の間、しないだろうな。でも制度の運用が中途半端で、執行は判決後何年も経ってからだ。中には何十年も収監されて、大往生する奴もいる」

「そんなに待つのか」郭が驚いた声を上げる「よく知ってるな、そんなことまで」

「海外で悪さをするなら、その国の司法や民族性について調べておくのが当然だ」

それをしてこなかった郭の甘さが、この状況を招いたんだよ――という言葉を呑み込んだ。

「さっさと執行しないと税金の無駄じゃねえか。期限は決まってないのか?」

「日本の法律では、判決後六か月以内に執行となっている。でもズルズルと引き延ばすんだ。冤罪《えんざい》が怖いんだよ」

「怖いものだらけだな」郭が首を振った。「冤罪と死刑って全く別問題じゃねえか。冤罪で死刑は問題だけど、冤罪で何十年も収監されて人生をぶっ潰されるのは問題ないってのかよ」

「何にしても、日本人は『まだ起こってないこと』を極端に怖がって警戒する。だから、いろいろと中途半端になって、こういうところにひずみが出る」

ターミナルがどんどん近づいてきた。姜は周囲に怪しい車や人影がないか見渡しながら、徐行をする。

「もし捕まっても、中国みたいに、自白するまで水を飲ませてもらえないなんてこともないし、日本人の税金で三食食わせてもらえる。悪さをするなら、日本に限るぞ」

にやりと笑ってみせた。

話しているうちに、ターミナルの敷地に入った。一般車駐車場の手前には広大なスペースがあり、トラックが何台も停められている。それらの向こうに、巨大なフェリーが停船していた。

「徐と、日本人を探そう」郭が身を乗り出す。「日本人は二人。あの眼鏡の男と、ドライバーの女だ」

「連中の車を探していてくれ。おれはターミナルの中を見てくる」姜はアーチ状の建物を指差した。近くで見ると、そのサイズに圧倒される。

「チケットを買って渡すから、あんたは車で乗船してくれ。おれはターミナルの中を探す。最悪、ボーディングブリッジの前で張り込んでおけば、見付けられると思う」

「見付からなかったらどうする?」

「二手に分かれるしかない。おれが小樽に残る」

自分が郭に頼られ、指示を出す側にいつの間にか回っていることに姜は気付いた。

「油断するなよ」

姜はギアをPに入れると車から出た。

冷たく、湿った海風をまともに受けながら、小走りでターミナルビルに向かう。ガラス扉をくぐると吹き抜けのロビーだった。周りをぐるりと見渡し、左側のチケットカウンターに並ぶ乗客たちをひと通り、さりげなく確認する。

徐も、日本人たちも見当たらない。チケットを買うのは後回しにして、ロビーを挟んでチケットカウンターの反対側にあるエスカレーターに乗る。

エスカレーターからはロビー全体が見渡せる。目を皿のようにして乗客たち一人一人を見ていくが、やはり知った顔はない。

二階に着くと、目の前がガラス張りのカフェテリアになっている。漂ってくる食べ物の匂いに、姜の腹が鳴った。

空腹はひとまず無視し、廊下をゆっくりと歩きながら、カフェテリアの中を覗く。客は数えるほどしかいなかった。カフェテリアの奥は海を見渡せる大窓になっているが、向こうを向いている客はいない。夕焼け時ならともかく、真っ暗な海を見つめていても仕方ないからだろう。

苛立ちがつのる。徐もあの日本人たちも、本当にここにいるのか。必死で探すが、それらしい人影は見当たらない。

カフェテリアの前を離れ、出航までの時間を潰している乗客を装い、建物の内壁に沿って口の字型に造られた廊下を何周かする。同じように所在なげに歩いている人たちもぱらぱらといるが、目的の顔は見当たらない。

トイレ——思い付いた姜は、表示を頼りに男性トイレに早足で向かう。廊下を歩く、トラックの運転手らしき男性にぶつかってしまったが構わずトイレに入り、用を足している男性たちの顔を見て回る。外れ。個室は全て空いている。

姜に続いて入ってきた男性たちにまたぶつかりながら、廊下に出た。

ボーディングブリッジは三階のようだが、三階に通じるエスカレーターは動いておらず、ベルトパーテーションが立てられていた。乗船時間直前まで上階には行けないようだ。

エスカレーターの向かいは待ち合いスペースだった。壁一面のガラス窓と、何列も並んで外向きに設置された椅子。ここからは市街地の方向を見渡すことが出来、夜でなければ彼方《かなた》の山々も見えることだろう。

さまざまな男女が思い思いの場所に座っている。合計十数人くらいか。姜はさりげなく窓際に行き、スマホをいじっている風を装って目の前の人々をこっそりと見る。外れ。姜は地団駄を踏みたくなった。

仕方ない。取り敢えずチケットを買おう——そう思って下階行きエレベーターに向かって歩き出した時、待ち合いスペースにいた全員が一斉に立ち上がり、姜に向かって全力疾走で向かってきた。

文字通り、全員——若いカップル、トラック運転手風の男、土産袋を脇に置いたサラリーマン、上品な中年夫婦、ペットキャリーに手を入れて子犬を撫でていた若い女性、スマホで電話をしていたチンピラ風の金髪の男——が、猟犬のような目でこちらに走ってくる。

驚きに身体が固まる。全員が片耳にイヤホンを着けているのが見えた。

先頭を走ってきたサラリーマン風の男が姜の右腕を摑んで背中側にひねり上げる。

姜の口から悲鳴が漏れた。

背後から駆け寄ってきた別の誰かが足払いをかけ、姜は俯せに床に押さえつけられる。無数の手が姜の背中を、足を、腕を、押さえつける。

怒号が飛び交う中、必死で首をひねり、周囲を見渡した。いつの間にか、映画で見たSWATのような装備に身を包んだ連中が短機関銃の銃口を姜に向けている。

「警察！　不要抵抗！」（警察だ、抵抗するな）

頭の上から、中国語が聞こえた。

優希

駐車場の近くに散らばるように停められていた、車体に何も書かれていない数台のバンボディトラックのリアドアが開くと、中から短機関銃と透明式の小型防弾盾を携えたフル装備の道警刑事部捜査一課特殊捜査班員が次々と飛び出し、カローラに向けて走った。

「警察！」「警察！」口々に怒鳴る班員が輪を縮め、カローラを包囲する。

見ていると、運転席側に銃を向けたリーダーと思しい班員のハンドサインに従い、他の班員が次々とフォーメーションを変えている。

優希は、駐車場の向かい側に停められたミニバンの中から食い入るようにその様子を見ていた。映画で見るよりもはるかに動きが速く、生々しく、殺伐としている。

警察車両が何台も、敷地に入ってくる。辺りはたちまち、回転する赤色灯の光に塗り潰された。

「ターミナルの中でもう一人、確保された」運転席で、イヤホンを繋いだ警察無線に神経を集中していた岩瀬がぼそっと言った。

「怪我人や死人が出なくて良かったですね」岩瀬の後ろに座る速見が、全く心のこもっていない口調で言う。

「もう一度確認するが、あいつらが最後の二人だな？」

「はい。私の知る限り、ですが」

「わかった」

「これで我々の間に、もう貸し借りはなしという理解でいいですね」

岩瀬が振り返り、鋭い目を速見に向けた。優希は思わず首をすくめる。

「何かご不満でも？」速見の方は蛙《かえる》の面に水と言った様子で、気にしていない。「私が提供した情報を一課に渡し、大きな貸しを作られたはずです。刑事部内での岩瀬さんの株も上がるでしょう」

「……だな」

「というわけで、我々は姿を消します。私の横にいる女性については、見なかったということで」

「何のことだ？」

だしぬけに岩瀬が優希の方を振り向き、優希はぎょっとする。しかし岩瀬の視線は優希の顔ではなく、肩越しの車外に向けられていた。

「誰もいねえじゃねえか」

「大いに結構」速見が頷く。「では、すみませんが外まで送ってもらえませんか」

岩瀬がパーキングブレーキを解除しようとした時、駐車場の方からぱん、ぱん、と銃声が聞こえた。一発目はこもった響きで、二発目は遠くまで響く乾いた音。

三人は、はっと顔を前に向けた。岩瀬はイヤホンを指で耳に押し付け、眉間に深い皺を寄せて無線のやり取りに耳をすませている。

「あの馬鹿、やりやがった」食いしばった歯の隙間から押し出すように、岩瀬が言った。

「何があったんですか？」

「被疑者受傷。特殊班に発砲しやがって、班員が撃ち返した」

駐車場では、郭が運転席から運び出されている。

数センチ開けられていたサイドウィンドウを、岩瀬が全開にする。駐車場から「救急！」と怒鳴る声が聞こえる。

「まだ死んでいないんですね」

「知るか」

気が付くと、遠くのターミナル出入口が騒がしい。見ていると、手錠をかけられ、私服警察官に両脇を固められた姜が出てくる。

出入口の目の前に停められた警察車両にすぐに乗せられたのでよくわからなかったが、見間違いでなければ、姜は大笑いをしていた。

姜

床に押さえつけられたまま、身体検査を受ける。ベルトに差していた銃と、ポケットに入れていたスペアマガジン、財布、変造パスポート、それと一緒に出てきた、見覚えのない鍵と車のスマートキー。

持ち物を全て取り上げられ、手錠を掛けられた姜は両脇を固められ、立たされる。抵抗しても無駄だとわかっているので大人しく従い、銃口を向けられたままエスカレーターに乗せられる。

二階の廊下やロビーでは、腕章を着けた刑事と、今までどこかに身を潜めていた制服警察官が黄色と黒のテープを張り、一般乗客を動線から遠ざけている。その一般乗客の中には、スマホを向けて逮捕の様子を撮影しようとして警察官に止められている者もいた。

警察に囲まれていた、逮捕されたという驚きが去った後、この場に一般乗客もいたことに姜は驚いた。一般乗客を排除する時間がなかったのか、それとも後日来るかもしれない『フェリーに乗りそこねた。警察は責任を取れ』などというクレームを恐れたのか。これが中国の警察だと、一般乗客の都合など斟酌《しんしゃく》せず追い払い、抵抗する一般乗客は理由をでっちあげて拘束し、問答無用でターミナルごと封鎖する。そしてクレームなど黙殺してしまうのだが。

一階出入口のガラス扉を、回転する赤色灯の光が通り抜けて目を射す。

郭はどうなっただろう。ターミナルの外に連れ出された姜は、いつの間にか出入口の前に横付けされたパトカーの屋根越しに駐車場を見遣る。

二階で銃口を向けてきた特殊部隊のような男たち――姜に手錠が掛けられた途端に煙のように姿を消したが――と同じような連中が、カローラの周りにいる。ここからはよく見えないが、郭は車の中ではなく地面に横たわっているようだった。何やら慌ただしい雰囲気が伝わってくる。

投降したか、抵抗を試みて撃たれたか。郭の気性から考えると、後者だろう。

しかし郭と違って、姜は自分でも不思議なくらい素直に、状況を受け容れていた。腹立たしさもなければ、抵抗する気もない。

歩かされながら姜は思った。これはこれで、面白い。

これまでの人生がフラッシュバックする。

姜と付き合っていた頃の愛莉の笑顔、結婚披露宴での笑顔。

どこに行くにも一緒だった、子供の頃の一諾の顔、披露宴でスピーチを頼んでくる時の、誠実さと無邪気さを装った顔。

「会社はいずれ、お前に任せる」と学生だった姜の肩を叩いた祖父の顔。披露宴で、怒りのあまり、脳卒中でも起こしそうだった顔。

家族との食事の時にも携帯電話で仕事先と話をしていた父の顔。縁を切ると宣言した時の顔。

奴らに、大声で言ってやりたい。

血縁に逮捕者が出たぞ。しかもプロの犯罪者で、殺人犯だ。

その時、素晴らしいことを思いついた。おれたちの逮捕がニュースになると、世界中にそれが発信される。上海大喜商貿有限公司社長の息子が、将来社長になる幹部の兄が、とんでもない犯罪者であることが発信される。

SNSでも、新浪微博《シンランウェイボー》のような、有力者の指先の合図で書き込みが消去、改ざんされるものではなく、世界中に浸透しているあらゆるSNSのプラットフォームで取り上げられる。

そのためには、愚民が飛びつくスキャンダラスなものでなくてはならない。馬鹿でもわかるシンプルなストーリーでなくてはならない。面白くなければならない。

日本の警察に、マスコミに、おれの生い立ちから、してきたこと、されたこと、全部をぶちまけよう。

時間はたっぷりある。どう話すと世間にウケるか、考えを練ろう。

笑いがこぼれ出す。最初はくすくすと、じきに哄笑《こうしょう》が奔流となって口から溢《あふ》れ出してくる。

周りの日本人刑事たちが怪訝《けげん》な顔を向ける。

笑いが止まらない。

上海大喜商貿有限公司の名が世界中に広まる。一諾、愛莉、老いぼれ、クソ親父、そして愛莉の腹の中にいるクソ餓鬼、楽しみにしていろ。

周囲の警察官が姜を見ながら、無線で何ごとか話している。『マルセイ』という言葉が何度も出てくるが、意味は分からない。どうせ『気違い』あたりだろう。

涙を流して笑いながら周囲を見回すと、刑事たちの視線が、怪訝なものから、警戒心も含んだ、狂人を見るそれへと変わっている。

姜は、身体をくの字に折って笑い続ける。

優希

「そうだ、手錠返せ」岩瀬が背後の速見に手を突き出した。

速見は頷くと内ポケットから手錠とキーを出し、ハンカチでよく拭いてから岩瀬に手渡す。

「これの持ち主、お元気ですか？」

「深屋か。あんたに逃げられて、わけのわかんねえ〝外国人〟に車をパンクさせられて、手錠まで持っていかれたんで、山ほど始末書を書かされて謹慎喰らってる」

「岩瀬さんはお咎めなしのようで良かったですね」

「おれは直接の担当じゃないし、そもそも二課からの応援、ていうかアドバイザーみたいな立ち位置だからな。一課じゃなくて良かったと今回ほど思ったことはない」

「それは何より」

「さて、現場がゴチャついているうちに、行こう」

岩瀬はギアをDに入れた。駐車場に続く道路で警察車両の誘導をしている制服警官にバッジを見せて通してもらい、ミニバンを近くの運送会社の駐車場に走らせる。

営業時間をとうに過ぎた運送会社は静まり返っており、停められた何台もの大型トレーラーは、貧弱な外照灯に照らされて眠りについていた。

岩瀬のミニバンは、一番端のトレーラーの陰に向かう。そこには優希のシルビアと一台のワンボックスカーが停められていた。脇には初老の男性が一人立っており、ターミナルの様子を窺っている。

ミニバンが停まると、それに気付いた男は逃げるようにワンボックスカーに乗り込んだ。しかし走り出すわけではなく、車内でじっと息を潜めているようだ。

「降りる前に……」岩瀬が右斜め後ろに頭を傾け、速見に話し掛ける。

「はい?」リアドアを開けようとしていた速見が、動きを止めた。

「今日の朝里ダムの爆発事故と銃撃戦。あれとどういう関係がある?」ターミナルの方を指差しながら岩瀬が訊く。

「何のことかさっぱりわかりませんが——」速見は、岩瀬をじっと見つめながら続けた。「――ダムの辺りで死体でも出ましたか?」

岩瀬は視線を逸らすと前に向き直り、たっぷり間を取ってから答える。

「情報が錯綜《さくそう》してるんだよ。この件と同時進行だから」再び、ターミナルを指す。今度は顎で。「まあ、何人死んでも誰が死んでもおかしくないけどな」

「そうですか。私には関係ないので」速見は岩瀬との会話を打ち切ると、さっさと車を降りる。

優希も慌ててそれに続いた。尻のあたりがむずむずする。速見はどうして、こんなポーカーフェイスでいられるのだろう。


速見と優希を見とめたワンボックスカーの男が車を降り、岩瀬のミニバンが走り去った方向を気にしながら近づいてくる。

「ヨシ爺」速見が男性を呼んだ。「首尾良くいったみたいですね」

「ああ、問題なし」

「ご苦労様でした」

「ご苦労様も何もさ、あんなに警官だらけになるんなら最初から言ってくれよ」

ヨシ爺が口を尖《とが》らせた。

「トイレの前であの中国人に〝仕掛けた〟けど、あの周りも警官だらけだったじゃないか」

ヨシ爺は小樽で長年仕事をしているベテランのスリ師で、姜のポケットに日下部の家の合鍵と、ポロのスマートキーを入れる役目を与えられていた。

「仕掛けた後、私服がこっそり手帳を見せて、危険なのでここから待合室側には行かないでくれって言うんだよ。『あ、そう』て感じで軽く返したけど、生きた心地しなかったよ」

「私服は一課ばかりです。三課はいませんからご安心を」

「そりゃそうだけど……ターミナルから出るまで、気が気じゃなかったよ。ゴルフウエアを着た大柄な男がいたから、そいつの陰に隠れて、出られるタイミングを計ってたんだ」ヨシ爺がまだ不満げな様子で言った。

「では約束通り、貸付金の返済が二か月遅れているのを特例として見逃します」

優希は、ケアハウスの支払いが滞っていることを思い出し、慌ててそれを意識の外に追いやる。

「でもさ、ポリだらけになるのも聞いてなかったし、その中できちんとやることやったんだから――」

下卑た笑みを浮かべたヨシ爺が、速見にすり寄るようにして言う。

「もう一か月くらいは……」

そこでヨシ爺は口を閉じた。速見の目に宿った、氷のような光に気付いたのだ。

「……わかったよ。来月からきちんと払うから」

ヨシ爺は肩を落とし、ワンボックスカーで走り去った。

「スキンヘッドの車のキーと日下部の家の合鍵が出れば、道警の方でいろいろ絵図を描いてくれるでしょう」

速見は無表情でそう言うと、スマホを取り出してディスプレイを見る。何を確認しているのかはすぐにわかった。

「橘さんから着信ありました？」

「ありません」速見がスマホを見ながらあっさりと言う。

「また夜中か明け方にでも掛けてくるかも」

「橘さんの性格からして、作戦の結果を一刻も早く知りたがるはずです。ということは――」

顔を上げた速見と目が合った。その視線に耐え切れず、顔を伏せる。

「……あとは、消えた金です」速見の声が、いつもの調子に戻った。

四千万円。この金のことは、優希の頭からも離れることがなかった。

「どこにあるのか、誰が持ち去ったのか」眼鏡のブリッジに指を当てて位置を直す。

「今回のプロジェクトチームは解散しますが、私は諦めずに追い続けるつもりです」

「そうですか」他に何と言えばいいのか、わからない。「どうやって？」

「あの中国人たちの動きを辿ります。少なくとも一度は、金は奴らの手元にあったんですから」

「お手伝い出来ればいいんですけど……あたし、有休が明日までなので、伊達市に帰らないと」

「そうでしたね。大変お疲れ様でした」

「この後、速見さんはどうされますか？　どこかで落としましょうか？」

「お願いします。市内に泊まるところを確保していますので、そこまで」


速見の指示に従って走った。

てっきり市街地のビジネスホテルにでも泊まるのだろうと思っていたが、行先は丘の上の平磯《ひらいそ》公園近くだった。こんな高台の住宅街でどうするのだろう。隠れ家でも持っているのだろうか。

「ああ、そのあたりでいいですよ。有難うございました」

速見が少し先の交差点を指差して言う。

「速見さん、ご相談があるんですが」

運転している間、言い出そうか迷っていたが、勇気を振り絞る。

「何でしょう？」

「橘さんから預かっているものがあるんです。このまま持っていたくないので、速見さんにお渡ししてもいいですか？」

平磯公園と住宅街に挟まれた坂を上ったところにある小さな駐車スペースでシルビアを停め、エンジンを切った。

速見と一緒に車を降り、運転席のシートを前に倒す。

周囲を見渡すが、車も歩行者もおらず、家々の灯りも全て消えている。車内灯を点けた優希は後部の床に片足を置いてシートに手を掛けた。えいと力を入れて座面を持ち上げると、シートの下に、隠し収納スペースが現れる。

「そんな仕掛けがあったんですか。道理でシートが固いと思っていました」速見の納得顔。「道道1号ではお尻が痛くて大変でしたよ」

深さを確保するために、蓋の役目をする座面のクッションはどうしても薄くなる。

優希は黙って手袋を着けると、隠し収納スペースから新聞紙の包みをいくつも取りだした。

後部座席が元に戻され、四個の包みが助手席に載る。

「手袋はいて（着けて）、中を見て下さい」

打って変わって厳しい表情になった速見が、慎重に新聞紙を剝がし始める。二等辺三角形に近い形から、包みの中身はおおよそ見当が付いているようだ。

新聞紙の中から現れたのは三挺《ちょう》の拳銃とスペアマガジン、そして、二種類の大きさの銃弾がバラバラに入れられた紙箱が一つ。

「橘さんはこれをどこで？」

次々に新聞紙の包みを開きながら、橘が訊く。

優希は躊躇したが、話し始めた。橘の頼みを無視することになるが、こんなものをいつまでも持ち歩くわけにもいかない。

「スキンヘッドの男が持っていたそうです。ラブホで橘さんが合流した直後に、預かってくれと頼まれて――」

「そうですか」

速見は助手席の座面に、新聞紙に包まれていた全てのものを並べた。

「92式拳銃が二挺。中国の警察か人民解放軍からの横流しでしょうか。この小さいリボルバーは初めて見ます。弾丸の方は――22口径、それから、こっちの弾頭が尖っているのは多分92式用でしょう。数は――合計百発あるかないか、くらいですね」

速見はそう言うと、それらを再び新聞紙で包む。

「私が引き取りましょう」

「助かります」

トランクから出した自分のバッグに包みを入れる速見を見ながら、優希が訊ねる。

「橘さんは、これをどうするつもりだったと思います？　あの人のことだから、銀行強盗とか――」

「それも考えられますけど、売ろうとしていたのではないでしょうか」

「銃って、いくらくらいになるものなんですか？」

「インチ口径だと、確か『口径×二×一万円』だったと思います。例えばこのリボルバーは22口径なので、四十四万円。92式の方は調べなくてはわかりません。因みに、弾丸の方が高いんですよ。裏社会での相場は一発あたり一万数千円あたりです」

「そんなにするんですか！」

「ただし日本限定の値段です。銃は手入れさえしていれば半永久的に使えますが、弾は消耗品で、日本の水際作戦が優秀なので、密輸できるルートが限られています。というか、弾の方が大事なんですよ。銃は弾を撃つための道具に過ぎません」

「弾は海外だといくらくらいなんですか？」

「アメリカだと、ブランドにもよりますが、22口径弾が一発あたり七セントから十セントくらい」

「それも日本では一万数千円？」

「少し買い叩かれるかもしれませんが、一定の需要はあるので、そこそこの金額にはなるかと」

「銃も売るんですか？」

「銃は〝前歴〟があるかもしれないので、下手に流せませんね。かといって海に沈めるのは、もったいない」

速見の目が細くなり、口角が上がった。良からぬことを考えている時の顔だ。

「警察に――」

「届けるんですか？」驚く優希。

「いえ、押収させます。道警の『けん銃取締り特別強化月間』のタイミングで、拳銃をコインロッカーやアパートの空き室に隠しておいて、一課の、例えば今回面識の出来た深屋にタレコミを入れる」

速見がにやりと笑った。この男が笑うところを初めて見たが、かえって雰囲気を不穏にさせる笑顔だった。

「一挺でも拳銃があがれば、刑事は大喜びです。私としては、深屋に貸しが出来る上に、弱みを握ることが出来ます」

あまり感心しないやり方だが、こちらから頼んで銃や弾丸を引き取ってもらう以上、優希がとやかく言う筋合いはない。

「弾丸の売り上げは折半しましょう。仮想通貨に両替をして、送金しますよ」

「あたしは結構です」

「そうですか？　金が見付からなければ今回のギャラは出ませんし、日下部がいなくなったので経費の払い戻しもありません。中沢さんが立て替えているガソリン代や宿泊費、それからタイヤ代も。タイヤ、だいぶ摩耗しているみたいですし」

　フェアに考えていると言いたげな口調と裏腹に、速見の目に剣呑な光が宿る。つまり、必要だろうが不必要だろうが、口止め料として受け取っておけということだ。

「……わかりました。経費代わりということで」

　石狩湾から吹き上げてくる風に、ぶるりと身体が震える。

「ああ、冷えてきましたね。そろそろ行きましょう。橘さんの状況がわかれば連絡を取り合うということで」

「荷物、重いでしょう。泊まられるところの前まで、送りますよ」

「ここで十分です。お手間をおかけしました」

　バッグを提げて、歩き出す速見。

「さっきから思ってたんですけど、この辺りに家でも持ってらっしゃるんですか？」

「まあ、そのあたりは個人情報ということで」

「あ、もしかしてご家族は帯広じゃなくてこっちじゃないですか？」

「家族？」速見が立ち止まり、怪訝な表情で振り返る。「誰のですか？」

「誰って、速見さんの奥さんとお子さん」

速見がまじまじと優希の顔を見つめる。

「あれを信じていたんですか？」

優希は何と言い返してよいのかわからなかった。

「老婆心ながら——」速見が戻って来る。「私みたいな詐欺師じゃなくても、人は必ず嘘を吐きます。何が真実で何が嘘か、何故その嘘を吐いているのか、疑う癖を付けておいた方がいいですよ。では」

今度こそ、速見は立ち去った。

室蘭市

優希

平磯公園から国道230号経由で室蘭に戻るのに、二時間半ほどかかってしまった。北海道縦貫自動車道を使うと二時間弱だが札幌を通るのを避けたく、倶知安も避けたかったので、このコースしかなかった。

伊達市を通り抜けなくてはならないが、夜中なので誰かに見られることもないだろう。

白鳥大橋を渡り、道道699号で少し南下して、だいぶ昔に閉まったまま打ち捨てられている個人医院の建物の角を右折し、祝津公園の方向に向かう。

二階建ての家が並ぶ住宅街を四〇〇メートルほど進み、これも打ち捨てられた食料品店の手前を曲がる。

街灯もない真っ暗な道を進むと町工場が何軒か並ぶエリアとなり、その一番手前が、普段シルビアを預けている自動車整備工場だった。

当然この時間は営業していないので、優希はオーナーの風間《かざま》から預かっている合鍵で事務所に入り、セキュリティを解除した。

工場ではなく事務所の裏手にあるガレージに向かい、リモコンキーで電動式シャッターを上げる。車が三台入るガレージの一番奥にシルビアを停め、外には出ず、中からシャッターを閉めた。

屋内照明を全部点灯し、シルビアに積んである工具箱からマイナスドライバーを取り出すと、運転席側のドアを開ける。

ドアの内側、ドアパネルを固定する螺子《ねじ》を外し、失くさないようにルーフの上に置く。

車内側のドアノブを取り、ドアパネルを枠から外した。

パネルの裏に空いている下側のスペースに手を入れると、帯封のされた札束を取り出す。

やがて、厚さ約一センチの百万円の札束が二十束、天井のＬＥＤ照明に照らされたボンネットの上に無造作に積み上げられた。

続いて、助手席側のドアに取り掛かる。

＊

帯広市　二日前

シルビアの運転席から、ビルの正面玄関に入る日下部と船越の背中を見送り、さあホテルに戻ろうと思った時に空腹感を覚えた。

食べられるときに食べておけといつも橘に言われているので、菓子パンなど日持ちのする食べ物を常時、用意している。

優希は、バックパックに入れてあるビニール袋から総菜パンのビニール包みを取り出した。今朝セイコーマートで買っておいた、ちくわパン。ビニール袋を開けてひと口かじり、口の中に広がるパンとちくわとツナマヨの香りを、ペットボトルの水で喉の奥に流し込む。

ちくわパンにもいろいろ種類があるけど、やっぱりツナマヨに限る、そう考えた時、バックパックの中で振動音がした。

仕事用のトバシではない、個人のスマホ。今回の仕事がひと段落ついたので先ほど電源を入れてディスプレイを見たところ、母親からの着信が数十件あった。昨夜に至っては平均二〇分に一度掛かってきている。留守電も山ほど入っていたが内容はだいたい想像がつくので全て消去し、電源はオンのままバイブモードにしてバックパックに入れておいたのだ。

ペットボトルをカップホルダーに差し込み、スマホを取り出す。

ディスプレイには『宮島《みやじま》さん』と表示されていた。羅臼《らうす》に住む女性で、昨年の夏に彼女の依頼で仕事をしたことがある。暴力団に本州で拉致され、北海道で奴隷同然の扱いでアワビの密漁をさせられていた訳ありの外国人を、札幌のＮＰＯ法人の事務所まで秘密裏に運ぶ仕事だった。血眼で探し回る暴力団の裏をかいて走らなければならず、様々な事情で警察を頼ることも出来ない。そこで、優希の評判を聞きつけた宮島が、伝手を辿って依頼をしてきたのだ。

何の用事だろう。通話ボタンをタップし、電話に出る。

「お久しぶりです、宮島さん」

『中沢さん、久しぶり。元気？』宮島の声。酒焼けでややかすれているが、六十過ぎという年齢よりは若く聞こえる。

「はい、おかげさまで」

『今、話せるかな？』

「仕事で待機中ですので、ちょっとなら」

『わかった。こっちも仕事の相談があるんだけど――』

内容を訊く前に、いつやる仕事なのか訊くと、『急で申し訳ないけど、来週半ば』だという。

優希は考えこんだ。さすがに、立て続けに有休を申請するわけにはいかない。あとは病気休暇くらいしかないが、申請には医師の診断書が必要で、虚偽の申請は、ばれると職を失う恐れがある。

優希はそれを率直に、宮島に伝えた。

『じゃあ、気にしないで。何とかするから。中沢さんにお願いしたかったから残念だけど、次の機会に』

「すみません。またよろしくお願いします」仕事というのは不思議なもので、来てほしい時には来ないが、このタイミングに来てほしくないという時にはまるで示し合わせたかのように来る。

『こちらこそ、今後ともよろしく』

電話の向こうで、宮島が少し躊躇う気配があった。

「どうしました？」

『もうちょっと、話せる？』

「はい、大丈夫です」

『お母様、具合良くないんじゃない？』

いきなり切りこんできた。心臓がどきりと大きく動く。

「どうして……ですか？」

『声が重い感じがする。前にお母様のことを聞いているから心配になって。ごめん、出過ぎた真似をしているのはわかっているんだけど』

宮島の慧眼《けいがん》。どうやったらこんなに勘の鋭い人になれるんだろう。

母親の件は、確かに前回の仕事の後で宮島に話している。外国人を無事NPO法人に届けた後、自らも囮《おとり》となって札幌入りしていた宮島と合流し、その夜打ち上げとして一緒に食事をしている時に、どうしてこの仕事をしているのかという話になり、母親の件に触れたのだ。

『ずっと気になっていて』

「実は——」目の前の路地からパネルバンが出てきた。曲がるため左右を見渡す運転手と目が合わないよう、ハンドルに顔を伏せる。「——病状は悪くなっています。あたしにも周囲にも感情むき出しで」

『中沢さん、気を悪くしないで聞いてね』宮島が声を改めた。『親との関係が難しかった子供って、自分は何をやっても駄目だという思いと、それでも親に認めてもらいたい、という気持ちとが同居していることが多いの』

もしかしたら宮島さんも、親との関係が複雑だったのかなと、優希は思った。

『失礼な言い方だけど、ドM気質になることもよくある。子供の頃、こんなことなかった？　学級委員を決める時、みんなやりたくないから黙って俯いているその雰囲気にいたたまれなくなって、手を挙げちゃったとか。感謝されないのがわかっていても、人に何かしてあげることを選ぶ。自分さえ我慢すれば、その場が丸く収まるって、いつもどこかで思っている』

宮島の言う通りだった。周囲に奉仕しても、最初は感謝されるがじきにそれが当たり前となり、奉仕の手を止めると『怠け者』『厚かましい』『調子に乗っている』と陰口を叩かれる。まるで便利屋のような人生。いや、便利屋ならまだお金になるからマシか――。そんな生き方をやめようとしても、無意識がそうさせているとしか思えないように、元に戻ってしまう。

結婚願望も皆無なのだが、冷静に自分の中を見つめると、自分も母のような毒親になるのではという恐怖感が、心の中のどこかにいつもぶら下がっている。

『中沢さんには、まず自分のことを考えてほしい。難しいかもしれないけど、もっと利己的になっていい。あなたの人生の主人公はあなたなんだから、他の登場人物に乗っ取らせちゃ駄目』

宮島の言葉は優しく、力強かった。

もっと利己的に――か。

「わかりました。意識します」

『説教じみたこと言ってごめんね。何かあったらいつでも連絡して。こっちもまたお仕事のお願いがあったら電話するから』

「はい、よろしくお願いします」

『じゃあ、また』

電話が切れた。

もっと利己的に――か。優希はヘッドレストに頭を預け、頭の中で反芻《はんすう》した。今までそんな発想はなかった。自分が幸せになってはならないという気持ちが絶えず心の奥底にこびりついているのだ。目の前に好きなものとそれほどでもないものが並んでいると、それほどでもない方を取る。学生時代も、好きな男子が女友達と被ったら迷わず身を引き、「あの子の方がお似合いだから」と自分を納得させていた。子供時代も、母親に逆らったり自分の意見を通そうなどとは思わないで、言われたことをやり、それを喜んでやっているふりをしていた。

自分の幸せや利益を考えて行動したことがなかったと、今さら気が付いた。


ちくわパンを食べ終わってからふと思い立ち、シルビアに取り付けたダミープレートが外れかけていないか確認しようと車を降りた。その時、後ろの路地、建物の非常口のある方から軽自動車が出てきた。薄いブルーのコペン。

あまり広くない一方通行の道なので、どうかシルビアをこすらないでくれと願いながら、自分も道の端に寄る。

じりじりと用心深く通過するコペンの車内を見て、あれ、と思った。運転者の若い男性には見覚えがないのだが、助手席に置かれているアルミケースに見覚えがある。今日、土地の買い主から受け取った現金の入ったアルミケースだ。

映像記憶能力には自信がある。アルミケースの形状やサイズだけでなく、表面に付いた傷や、黒い把手の曇り具合など、今日運んだものに間違いない。

この後事務所に来ると日下部が言っていた両替屋は、優希も顔を知っている。その男以外の人物、しかも建物に入るところも駐車するところも見ていない知らない男がアルミケースを運んでいる。

胸騒ぎがした。

優希の視線に気付いたのか、運転席の男がこちらを見た。根拠はないが、どうも日本人ではない気がする。

その反応も奇妙なもので、じりじりと動いていたコペンのスピードを突然上げて走り去ろうとした。サイドミラー同士がぶつかりそうになり、一瞬ひやりとする。

絶対に、何かがおかしい。優希はシルビアに飛び乗るとシートベルトを締め、エンジンを掛けた。ホイールスピンをさせて発車すると、既に数十メートル先を走るコペンを追い始めた。

じきにコペンに追いつき、後ろにぴったりとくっつく。しかし、この後どうしたらよいのかわからない。追い越して前に出、減速して停めさせるのは簡単だが、いざそうすべきなのか判断が付かない。

よく見ると、運転者はスマホを耳に当てて誰かと話している。優希はコンソールボックスからスマホを取り出すと、日下部に掛けてみる。

日下部は、出ない。事務所の代表番号にも掛けてみるが、日下部も船越も出ない。橘か速見と話して、判断してもらおうか——そう考えた時、コペンは市街地を抜け、十勝川を渡った。

スピードが上がる。十勝大橋の北側には国道２４１号がまっすぐ延びており、道の両脇にはガソリンスタンドやコンビニ、そしてモデルハウスのような、生活感のない住宅が間隔を空けて建ち並ぶ。

まだこのあたりだと警察のレスポンスタイムも早いので警戒しているのだろう。コペンはもっとスピードを上げたくて仕方がない様子だ。信号も、赤に変わるギリギリに滑り込もうとしているが、優希は一瞬だけスピードを上げ、いとも簡単に追い続ける。

「危ないな……」

思わず呟いた。男の運転はお世辞にも上手とは言えない不注意なもので、しかも優希をバックミラー越しにちらちら見ながら、ずっとスマホで話している。

優希としても、いつまでもこうして生温く追いかけていても仕方がないので、どこかで区切りをつけたい。

「だから、危ないって」

ひやりとし、また声が出る。コペンがウインカーなしでいきなり右斜め前の道道31号に入ったのだ。よろりとした動きで道道のセンターラインを越えかけ、対向車線の車にホーンを鳴らされている。

優希も道道に入っていった。シルビアはまるでコペンと紐《ひも》で繋がれているかのようにぴったりと付いて行く。

見晴らしの良い道路を走り続ける。左右には、地平線近くまで広がる農地。コペンの運転者が、曲がり角のない一本道に苛々している様子が伝わってくる。右側と、左側の奥に林が見えてきた。ここで曲がるんだろうなという優希の予想は当たり、コペンはまたウインカーなしで左折して道道316号に入る。

仕方なく、優希も続く。道道316号も変わらず、農地や牧場に挟まれた一本道だった。

運転席の男はずっとスマホで話し続けている。ふと嫌な予感がした。もし男が誰かの指示を受けて、優希をどこかに連れて行こうとしていたら――。

コペンが、スピードを落とさずに未舗装の農道に向けて右折する。農道の先には、こんもりした林。あそこに誘い込み、持っている武器で——。

どうしようか。追跡を続けることを躊躇した時、コペンがコントロールを誤った。ハンドルを右に切り過ぎ、慌てて左に切り直したのだが、スマホを持ったままの片手運転が災いし、道を逸れて電柱に衝突する。その勢いで砂利道をスピンし、農道の真ん中で停止した。


勝手に体が動いていた。

頭の中でぱちんと何かが弾けたような気がして、我に返る。

コペンのサイドウィンドウは砕け散っており、運転席の男は頭を外に突き出すような姿勢で微動だにしない。

ハンドルからは、しぼんだエアバッグが垂れ下がっている。大きくゆがんだボンネット、ラジエーターから立ちのぼる大量の湯気。後部座席には——たった今、優希が空にしたアルミケース。

そして背中には、札束の入ったバックパックの重み。

周囲を見渡す。夕暮れの薄闇の中に広がった農地。そこを一直線に通る道道316号に、動いているものは何ひとつない。

再び、コペンに目を戻す。

男は同じ姿勢でじっとしたままだが、側頭部から垂れていた血は止まったようだ。心臓が止まったのかもしれない。

スマートフォンが助手席の床に落ちている。クラッシュした時に手から飛んだのだろう。

その場をさらにまがまがしい雰囲気にしているのは、そのスマホの横に落ちている拳銃だった。

どうする？

焦燥感が押し寄せてきた。

太陽が沈むにつれ、気温がどんどん下がってくる。

車の先に延々と伸びる農道の先に、地元の農家のものらしい軽トラックが見えた。道路に気を取られて、農道から車が来る可能性を考えていなかった。

暗くなってきたのでよく分からないが、一キロメートルほど先だろうか、のんびりしたスピードで向かって来る。農作業を終えて帰るところのようだ。

きっと、あの人が警察か消防に通報する。

踵を返し、再びシルビアに飛び乗った。

＊

室蘭市

「……ない！」

助手席のドアパネルを外した優希は、思わず声を上げた。ドアの内部を隅から隅まで確認しても、四千万円を二つに分けた片方が、ない。

やられた。

誰が――と思う前に、直感としか思えない早さで橘の顔が脳裏に浮かんだ。

『重いな、このドア』橘の声が頭の中に蘇る。橘はドアの重さと、もしかしたら優希の目の動きや仕草などから、金がこの中に隠されていることを確信し、どこかのタイミングで抜き取ったのだ。そうに違いない。

運転手である優希がまず開閉することのない助手席側のドアを選んだのも、橘のしたたかなところだ。今度は、悪戯っぽく笑う橘の声が頭の中で聞こえた。

それにしても、どうして全部持っていかなかったのだろう。優希がドアの開閉をする時に気付かれたくなかったからだろうか。それとも、他に理由があるのか。

いくら考えてもわからない。

ともかく、理由は何であれ、橘は優希が金を奪ったと知り、その半分を自分のものにした。そしてそれを、優希だけでなく速見にも隠し通した。

人は必ず嘘を吐く。何が真実で何が嘘か、何故その嘘を吐いているのか、疑う癖を付けた方がいい——速見の言葉を思い出した。

橘を騙しおおすことは出来なかった。そして橘はその金を持ったまま——。

速見はどうなのだろう。もし速見にも見抜かれていたとすれば、そして敢えて見逃されたのだとすれば、将来速見はそれをちらつかせて優希を利用するつもりなのだろうか。

しばらく考えていたが、溜息とともにその不安を内から押し出す。今心配しても仕方ないことは、考えずにおこう。

それにしても……目の前にある二千万円の札束を見つめる。

「……やりすぎたかなあ」

利己的に動くということをこれまでしたことがないので、加減がわからない。

この金を巡って死んだ人がいることを思うと、罪悪感が押し寄せてくる。しかし今さら返すこともできないし、誰に返すべきなのかもわからない。

いやこれも、今考えても仕方ないことだ。よし、必要なことに、使わせてもらおう。

優希はそう決めた。母親のケアハウスの支払いや、母親が迷惑をかけた人たちへの謝罪に。

新札なので、このまま使用するのは危ない。ここの風間社長に相談してみよう。風間は、表の帳簿に載らない車やパーツの売買をするために、仮想通貨のアカウントを持っている。手数料を支払えば資金洗浄を手伝ってくれるだろう。

現金をバックパックに詰め、電気を消すと通用口を通って事務所に行く。

もうすぐ朝になるので、ここで風間社長を待つことにする。

空いているコンセントを探して二台のスマホの充電器を差し込んだ。

トバシのスマホはもう少しの間、持ち歩こう。もしかしたら、橘から連絡が来るかもしれない。そう考えることで、日下部や小山田に続いて橘までがいなくなったという思いを、少しでも遠ざけておきたい。

バックパックを枕にして、埃っぽいソファに横たわった。

見慣れた、風間の事務所。

やっと、日常に戻った。

そう思った途端に、まぶたが重くなってくる。

有休、あと一日か――。

朝になったらケアハウスに行って、副施設長と話して、お母さんの部屋に顔を出して――憂鬱だな――。

家に帰って、洗濯して――。

とりとめのない考えが渦を巻き始め、やがて優希は深い眠りに落ちた。

朝里ダム　前日

橘

正気に戻ると、夜の森の中で屈みこんでいた。

また、あの忌々しい病気が戻って来た。かすかに残っている最後の記憶は、郭が胸に向けていた銃口。

記憶を失くした俺は――〝もう一人の俺〟は、何とか切り抜けたらしい。俺はまだこの世にいる。

まだ葉を付けていない木々を通して森の外の様子をうかがうと、すぐ下から対岸にまっすぐ伸びるダム。ダムの左側には狭い平地と、朝里川をまたぐ朝里スカイループ。右側には水をたたえ、暗く静まり返ったオタルナイ湖。

対岸の左側では、おびただしい数の赤色灯が回転している。銃撃戦と爆発の通報を受けた、警察と消防。

どうやら俺は、連中の到着前に現場を離脱してダムの上の道を歩き、こちら側まで逃げてきたらしい。どうやったのかわからないが、うまくやったことだけは〝もう一人の俺〟を誉めてやろう。

それにしても――左手を見下ろす――何で俺はこんなものを持っているんだ？

左手に握っているのは、ＭＫ３手榴弾。

郭が投げてきたものと同じ。あいつがもう一つ持っていたのを、俺が奪ったのだろうか。

この手榴弾を何かに使えないかなとも思ったが、出どころのわからない武器はあてにならないので、どこかで処分するしかない。海に捨てることにしよう。

寒気にぶるりと身体を震わせて立ち上がると、左胸に痛みが走った。鋭くもあり、鈍くもあり、皮膚を切り裂かれた時以外の全ての傷みの特徴を持った、独特の感覚。

この痛みには、覚えがある。防弾ベストの上から拳銃弾で撃たれた痛みだ。

着ている服を見下ろすと、左胸、ちょうど心臓の上あたりに小さな弾痕があった。

俺は防弾ベストなんて着ていないし、そもそも持っていないぞ――そう思いながらジャケットの内側をまさぐる。

「あ、そうか――」

呟きながら抜き出したその右手には、中央に穴の開いた百万円の札束があった。

札束というものは、つまり紙の束なので、まとまるとそれなりに重くなる。シルビアのドアを開けた時の重さが気になった橘は、三人でラブホテルの二部屋に分かれた時、優希が眠っている間にガレージに忍び込んで運転席と助手席のドアの中を調べてみた。そこには案に違《たが》わず、行方不明になっていた四千万円が隠されていた。しょうがない奴だなと思いながら、半額だけ奪うことにした。橘が全額持っていったら、優希は開き直って速見に全て話してしまうかもしれない。

ジャケットやズボンの全てのポケットに入れていた、そして足首や二の腕にテープで巻きつけて固定していた百万円の札束を出していく。

朝からずっとこうして隠し持っている。普通の人間なら一時間もするとその重さに疲れ切ってしまうだろうが、これよりもはるかに重い装備を着けて何日も休憩なしで行う訓練や実戦を重ねてきた橘は、全く平気だった。

ペン型のマグライトを口に咥《くわ》え、ジャケットの左胸の前にある外ポケットと内ポケットに入れてあった札束を観察する。

郭が放った弾頭は、たまたま心臓の位置で三束重なるかたちになっていた札束に命中していた。二束貫通して、三束目の途中まで食い込んでいる。

「あの野郎、札束に穴を開けやがった」

憤慨したが、すぐに「でも心臓に穴が開くよりはマシか」と思い直し、傷む左胸に手を当ててみた。熱を持ち、腫れている。肋骨がやられている。折れてはいないにせよ、ひびくらいは入っているだろう。

札束に食い込んでいた弾頭をほじくり出す。22口径LRの通常弾で、郭の銃が軽量小型リボルバーだったことが幸いした。小型のリボルバーは銃身が短いため、発射された弾頭に十分な加速がつかない。弾頭が、緩燃性の火薬によって完全に加速される前に銃身から離れてしまうためだ。

これが92式拳銃と5・8×21㎜ DAP92弾だったら、橘の背中まで抜けたことだろう。

ほっと息を吐く。が、あまりのんびりしていられない。警察はもうじき山狩りを始める。

左胸をかばいながら立ち上がり、足元を踏みしめて、歩ける状態であることを確認する。

札束を再び身体のあちこちに収め、拳銃を腰に差し、少し迷ってから手榴弾をジャケットのポケットに入れる。

札束と一緒に出てきた自分のスマホの電源スイッチを押してみるが、うんともすんとも言わない。完全に死んだようだ。

また公衆電話を探して、速見と優希に連絡を取らないと――そう考えた時、あることに気付いて身体が固まった。

今なら、死ねる。

優希に語った、自らの言葉を思い出す——速見から確実に逃げ切れる道がある。それは、こっちが死ぬことだ。

大熊の家の撤収をしながら小山田が言ったことを思い出すたびに頭をよぎる考え。自分は死んだことにして海外逃亡し、新しい身分を買う。そして、まだ連絡を取り合っているアメリカでの訓練時代の仲間を通して、ボディガードや護身術のインストラクターなどの仕事を見付ける。

死ぬと、速見のくびきから解き放たれる。

身体を覆う札束に手を遣った。洗浄の手数料や、一部の紙幣に穴が開いているので割引させられる分を差っ引いても、物価の安い国ならそこそこ使いでがある。

この金で一生生活するわけではない。新しい身分を買ったり住処を確保したり、生活基盤を固めるための資金としては十分だ。

考えれば考えるほど、魅力的かつ現実的な計画に思えて来た。しかもそれは、徐々に手の届きそうなところまで近づいてくる。

俺の姿が消えれば、周囲のアウトローたちは『死んだ』可能性を真っ先に考える。突然姿が消えた連中は大概死んでいると、皆経験的に知っている。

自問。俺の亡骸がない。どうする?

自答。姜たちは、船越と小山田の亡骸を始末したはずだ。亡骸がないのは、不自然ではない。現に、俺たちも日下部の亡骸を移動するなど、工作をした。

そして警察は、死体が見つからない限り動かない。

さらに自問自答する。一過性全健忘はどうする？　知ったことか。日本にいても海外にいても、再発する時には再発する。

大急ぎで家に帰り、パスポートを持ち出そう。しかし、道警から出入国在留管理庁に問い合わせが入ると高飛びがばれるので、普通の出国は出来ない。ならば、沖縄あたりから外国船籍の船に潜り込むだけのことだ。

そして、東南アジアのどこかの国で、まっとうな出入国記録を作る。マレーシアやカンボジアなど、二十ドルも握らせれば入国審査官が笑顔で入国スタンプを押してくれる国はいくらでもある。

その後、現地のネットカフェから、かつての訓練仲間たちに連絡を取る。南アフリカのあいつ、フィリピンのあいつ、エルサルバドルのあいつ——橘はいつしか自らの思考が『こうすればどうなるか』から『どうすればうまくいくか』に変化しているのを感じた。

永遠に姿を消してやる。ざまあみろ、速見。

でも——一歩を踏み出そうとして、橘は躊躇した。このままここを去ることを拒むもう一人の自分の声。

作戦の結果を見届けなくてもいいのか？

小樽に先回りした速見が仕掛けた罠。それに姜と郭がうまく引っかかるのか。結果を知りたくないのか？

そう思うと、狂おしいまでの焦燥感が突然押し寄せてくる。

仕事の成果を見届けたいという欲求は、誰でも持っている。しかし、特殊部隊員として刷り込まれた、第二の本能としか呼びようのないここまでの感覚は、他の誰にもないと思う。

速見が小樽で手配したスリ師は、無事に仕事をやり終えるのか。岩瀬はうまく道警を誘導して、姜と郭を逮捕させられるのか。

くそ。見届けたい。

深呼吸をする。左胸が痛んだ。

小樽港に行かなければならない。結果を見なくてはならない。

高飛びの計画を少し先送りしよう。死んだと思わせてしまえば、逃げるのは今すぐでなくてもいい。

周囲を注意深く見回す。道道1号に出るのは言語道断。既に警察が非常線を張っているはずだ。そうなると、背後の森を抜けるしかない。

西に向けて森を歩き始める。数百メートル歩いて少し高くなった場所に到達した時、木々の間を通して、遠くに黒く広がる平地を見付けた。

池か、湖か——星明りを頼りによく観察すると、平地の面積とそれを囲む林の様子から、ゴルフ場だと思われた。

ナイターゴルフは行われていないようで、コースもクラブハウスも暗く静まり返っている。木々が葉を付けている夏なら、ここからは見付けることが出来なかった。

橘は躊躇せず、再び歩き始めた。直線距離であと五〇〇メートルほど。迂回しても、最大一キロも歩けば到着するだろう。過去に受けた訓練で、五十キログラムの荷物を背負って山中を四日間不眠不休で踏破するというものがあった。それに比べれば、ちょっとした夜の散歩だ。

ゴルフ場の職員がいないことを確認し、クラブハウスに忍び込めば——またクラブハウスか——ショップで着替えが手に入る。ゴルフウェアしか置いていないだろうが、身なりを変えるに越したことはない。金を入れることの出来るバッグもあるだろうし、胸に貼る湿布もあるかもしれない。

そして、車を盗むかタクシーを呼ぶかして、小樽港に行く。

行って、結果を確かめる。

夜の森を、ひたすら歩く。

畜生、アバラが痛え。

しかし、生きている証と考えれば、その痛みも頼もしく思えた。

本書は書き下ろしです。
この物語はフィクションです。作中に同一の名称があった場合でも、
実在する人物・団体等とは一切関係ありません。

宝島社
文庫

地面師たちの戦争　帯広強奪戦線

（じめんしたちのせんそう　おびひろごうだつせんせん）

2023年11月21日　第1刷発行

著　者　亀野 仁
発行人　蓮見清一
発行所　株式会社 宝島社
〒102-8388　東京都千代田区一番町25番地
電話：営業 03(3234)4621／編集 03(3239)0599
https://tkj.jp
印刷・製本　中央精版印刷株式会社

Printed in Japan
ISBN 978-4-299-04845-5